PIÈGE À VENISE

L'auteur

Metantropo (alias Christophe Loupy) écrit pour tous les âges. Des albums pour les plus jeunes ; des romans, courts ou longs, pour les enfants et les adolescents ; des scénarios tout public pour le cinéma et l'animation. Quand on lui demande comment il est arrivé dans l'édition jeunesse, il répond avec humour : « Dans la vie, il y a trois catégories de personnes. Celles qui sont fortes en français et celles qui sont fortes en maths. » Autrement dit, entre conteur et compteur, son choix était évident ! Aujourd'hui traduit dans de nombreuses langues et édité internationalement, ce passionné d'écriture et de voyages prend beaucoup de plaisir à écrire pour les enfants d'ici et d'ailleurs. Car, de toutes les frontières qu'il aime à franchir, ses préférées sont celles du cœur.

Loi n° 49-956 du 16 juillet 1949 sur les publications destinées à la jeunesse : juin 2004.

ISBN 2-266-13682-8

METANTROPO

Piège à Venise

POCKET
jeunesse

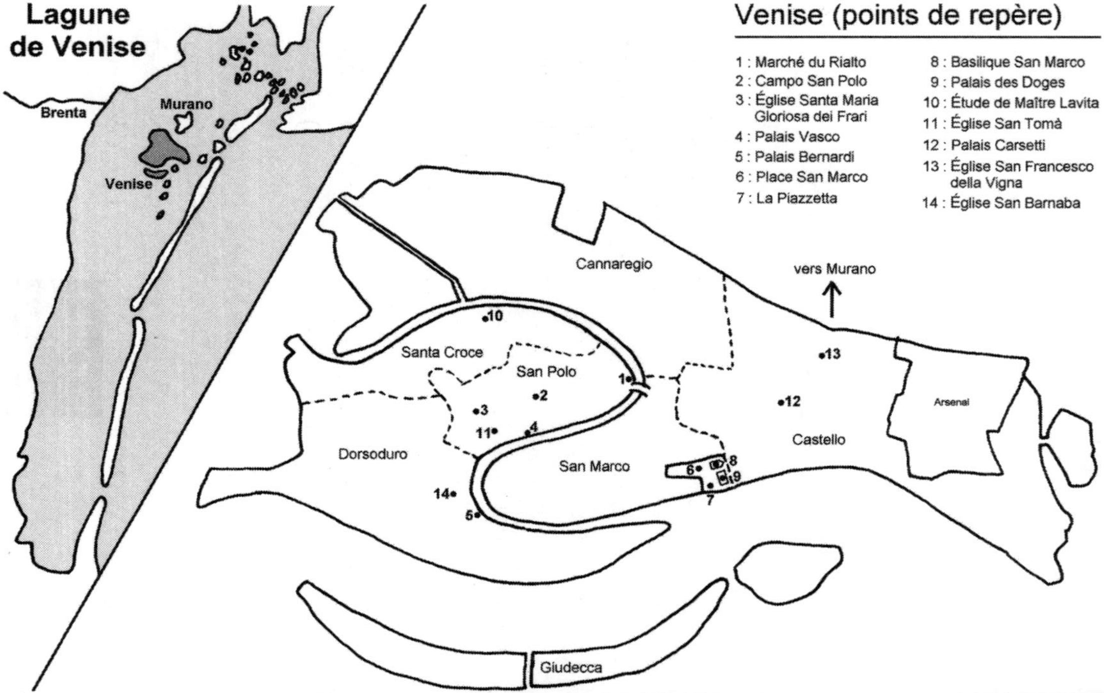
Lagune
de Venise
Brenta
Murano
Venise
Venise (points de repère)
1 : Marché du Rialto
2 : Campo San Polo
3 : Église Santa Maria Gloriosa dei Frari
4 : Palais Vasco
5 : Palais Bernardi
6 : Place San Marco
7 : La Piazzetta
8 : Basilique San Marco
9 : Palais des Doges
10 : Étude de Maître Lavita
11 : Église San Tomà
12 : Palais Carsetti
13 : Église San Francesco della Vigna
14 : Église San Barnaba
Cannaregio
vers Murano
Santa Croce
San Polo
Dorsoduro
San Marco
Castello
Arsenal
Giudecca

Introduction

L'origine de Venise remonte au VIe siècle. En ces temps reculés, seuls quelques pêcheurs peuplent les petites îles de la lagune. Mais bientôt, fuyant les attaques répétées des Barbares, de nombreuses familles viennent y trouver refuge, abandonnant définitivement la terre ferme.

Bien protégés des agressions extérieures dans cette lagune qu'ils apprivoisent, les Vénitiens vont, à force de travail et d'ingéniosité, développer leur ville et leur terrain d'action : la pêche, la production de sel (denrée rare et chère à l'époque) et une flotte qui leur permet de commercer avec les ports voisins. En navigateurs accomplis, ils élargissent ensuite leur zone d'activité à toute l'Adriatique, puis à la Grèce, au Proche-Orient, à la mer Noire et bientôt à tous les ports de l'Europe. Les Vénitiens poussent même jusqu'en Orient, par voies terrestres, pour y rechercher épices et denrées précieuses, à l'image de Marco Polo qui, au XIIIe siècle, atteint la Chine.

Venise grandit peu à peu et s'enrichit. Son port et son marché tiennent le rôle stratégique d'intermédiaire entre les riches empires d'Orient et une Europe encore peu développée.

Entre le XIIIe et le XVe siècle, les Vénitiens établissent des bases commerciales un peu partout en Adriatique et en Méditerranée, colonisant de nombreux territoires.

Au XVe siècle, Venise devient l'État le plus prospère et le plus puissant du continent. Sa flotte impressionnante, réputée pour son efficacité commerciale et redoutée pour sa puissance de feu, est connue sur toutes les mers.

Venise est *la Dominante*.

1

Venise, XVe siècle…

Le soleil venait à peine de se lever sur la cité des Doges. Des voiles de brume envahissaient encore les rues et couvraient la surface des canaux.

Marco Cavallo marchait le long d'une étroite fondamenta [1] en direction du marché du Rialto. Sur sa droite, les delfini [2] de quelques gondoles dépassaient du cotonneux tapis, le saluant lentement au rythme de l'onde.

Marco lâcha les crosses du regard, baissa le menton et remonta le col de sa vieille veste de

1. Quai qui borde un canal.

2. Le delfino, aujourd'hui appelé ferro, était l'élément décoratif situé à la proue des gondoles. À cette époque, il était en bois et avait la forme d'une crosse finement ouvragée.

drap gris. Novembre jouait ses derniers jours et l'enfant se dit que leur rigueur n'annonçait rien de bon pour les mois à venir. Puis il repensa à ses parents, morts de la peste sept ans plus tôt.

À l'époque du drame, il n'avait que cinq ans, mais il se rappelait ces événements comme si c'était hier. Venise connaissait une période de pénurie de farine. Les riches avaient passé l'hiver sans peine, mais les pauvres, pour lesquels le pain était la nourriture de base, dépérissaient lentement.

Il se revit, en compagnie de sa mère, attendre en vain devant les fours à pain. Une attente longue et glaciale, avec, comme horizon, le printemps, et comme espoir, la fin de la disette. Car tout le monde pensait que les récoltes de la terre ferme viendraient, c'était certain, réapprovisionner Venise en blé et en farine. Mais c'était compter sans les intempéries qui avaient tout détruit. Le printemps avait été catastrophique sur tout le pays, et les récoltes saccagées par les orages successifs. Les marchands vénitiens avaient alors fait voile vers la Sicile, réputée pour sa production intensive de blé mais, là encore, la désolation les attendait.

Bientôt, la Dominante avait été envahie par des centaines de paysans qui fuyaient les campagnes ravagées. La population la plus démunie de Venise, affamée, s'était jointe à eux et tous avaient marché sur le Fontego [1]. « Le peuple a faim ! » hurlaient-ils en brandissant des armes de fortune et en cassant tout sur leur passage. Certains avaient même incendié un bâtiment public. Et il était probable qu'ils auraient aussi enfoncé la lourde porte du Fontego si les arsenalotti [2] n'étaient pas intervenus.

La situation s'était vite envenimée. Les milliers de vagabonds et de mendiants n'avaient pu survivre à leur condition misérable. Leurs cadavres puants, trop nombreux pour être éliminés rapidement, avaient attiré les rats et, avec la chaleur de l'été, déclenché une épidémie de peste.

Un état d'urgence avait été décrété. Les provveditori [3] à la santé publique avaient chassé les pestiférés hors de la lagune vers des lazzaretti [4]. Marco les avait vus, impuissant, embarquer les

1. Entrepôts publics de blé ou de farine.

2. Ouvriers de l'Arsenal, à la fois corps d'élite des artisans, garde d'honneur du palais ducal, pompiers volontaires et sous-officiers de réserve dans l'armée de Venise, ils participaient également, si nécessaire, au maintien de l'ordre.

3. Magistrats élus par le Grand Conseil (assemblée constituée des personnes détenant les pleins pouvoirs).

4. C'est un endroit, sur une île autour de Venise, où l'on isolait les malades et les pestiférés.

corps de ses parents, barricader leur maison, brûler leurs meubles et leurs vêtements, et il avait dû fuir dans les profondeurs de la ville pour leur échapper.

Cette errance avait duré de longs mois. Une errance au cours de laquelle il avait exploré le fabuleux labyrinthe qu'était Venise.

Se cachant des provveditori, ou des dénonciateurs, s'abritant dans des souterrains oubliés pour avoir moins froid l'hiver, volant pour survivre sans jamais se faire prendre, Marco avait développé, au fil des saisons, des capacités d'adaptation à son milieu comme un animal l'aurait fait dans un environnement hostile. Instinctivement, il savait quelle rue, quel pont, quel canal, quel souterrain ou quel toit emprunter pour échapper à tel ou tel ennemi. Il connaissait tous les recoins de la ville jusqu'aux plus secrets. Même ceux dont la mémoire collective avait oublié l'existence. Certains Vénitiens allèrent jusqu'à insinuer que le jeune Marco avait découvert la crypte sacrée. Celle dont la légende parlait en ces termes : « *Située quelque part sous la basilique San Marco, là où les larmes du Christ, sang pur de la guérison, élixir de jouvence, coulent dans la fontaine aux miracles...* »

Personne ne sut jamais si cette rumeur était fondée. Plus tard, lorsque la peste quitta la ville, que les provveditori cessèrent leur traque, d'autres orphelins joignirent leurs forces à celles de Marco et le prirent pour chef. La petite bande se souda rapidement mais, malgré la solide amitié qui les unissait, Marco ne parla jamais de la crypte sacrée. Et lorsque ses amis y faisaient allusion, il éludait la question en répondant : « Je connais tous les endroits secrets de Venise. Si cette crypte existait vraiment, je le saurais !... »

En repensant à tout ça, Marco sourit. Il arrivait sur les quais du Grand Canal. Ici, les rayons du soleil avaient chassé la brume et commençaient à réchauffer l'atmosphère.

L'enfant remonta la fondamenta jusqu'au marché. Malgré l'heure matinale, les halles du Rialto étaient déjà très animées. Les paysans et les pêcheurs avaient aligné leurs barques les unes contre les autres, se disputant les meilleures places pour décharger leur marchandise. Ils venaient des îles voisines ou de la terre ferme et avaient dû se lever très tôt dans la nuit pour être les premiers.

Dans de vifs éclats de voix, bateliers et porteurs faisaient la chaîne sur leurs embarcations, transbordant, ici, des sacs de légumes ou de fruits ;

là, du poisson frais de l'Adriatique et de la lagune ; ailleurs, des salaisons dont les délicieuses odeurs venaient flatter les narines.

Marco se faufila discrètement à travers cette fourmilière humaine et trouva un poste d'observation : un empilement de paline[1] neuves, stockées là en attendant de remplacer les anciennes, rongées par l'eau salée. Il s'installa derrière et surveilla le marché.

Ce qui l'intéressait le plus était les étals des bouchers et des charcutiers. On y trouvait toutes sortes de viandes : bœuf, mouton, cochon, volaille, et parfois du gibier chassé dans les marécages de la lagune. Ces produits étaient destinés aux tables des plus riches, mais Marco n'avait pas envie de se contenter de pain noir et de mauvais vins comme tous les pauvres.

Son attention se porta sur l'échoppe de Giuseppe, un charcutier au ventre proéminent qu'il avait déjà volé. Elle était large et bien garnie. Son jeune commis, plié en deux sous d'énormes corbeilles de viande, finissait de lui apporter la marchandise contenue dans sa barque.

1. Pieux de bois brut que l'on plante dans les canaux pour amarrer les bateaux.

Marco regardait le charcutier disposer son lard, ses saucisses et autres jambons avec soin.

« Mon cher Giuseppe, tu as pris un peu de ventre ces derniers temps, dirait-on… » pensa l'orphelin avec un sourire amusé.

Dans le brouhaha du marché, il devina, plus qu'il n'entendit, les vociférations du gros homme après son commis :

— Et alors, Vittore ! Remue ton cul ! Par la Madone, tu as du jus de carotte dans les veines ou quoi ?!

« Tu as pris du ventre, continua Marco pour lui-même, mais tu as toujours le même sale caractère. Cela mérite une petite leçon… »

À quelques pas de là, le campo [1] San Giacomo était aussi très animé. La place commerçante, envahie par les négociants de tout genre, les banquiers et les agents de change, représentait le plus grand centre d'affaires d'Europe. Des clients étrangers, venant de tous les horizons, débarquaient à Venise pour acheter mille sortes de marchandises. Ici, on parlait le français, l'allemand,

1. Place. Seule, la place Saint-Marc est appelée *piazza* (piazza San Marco).

l'arabe, le grec et les transactions atteignaient souvent des sommes vertigineuses.

Sous les arcades et sur le parvis des églises, on pouvait acheter de belles étoffes brodées, des soies teintes, des velours précieux, vendus au mètre, et bien d'autres produits de luxe.

Les banquiers vénitiens tenaient un comptoir sur la place, comme n'importe quel commerçant, et honoraient les lettres de change [1] présentées par les négociants étrangers. Près d'eux, les copistes enregistraient scrupuleusement les opérations dans des livres de comptes. Un peu plus loin, les agents de change accueillaient les étrangers qui souhaitaient convertir leur monnaie pour faire leurs achats.

Gentile Vasco et Giovanni Bernardi traversaient le campo San Giacomo en discutant des dernières lois votées par le Grand Conseil. Les

1. Document qui représente de l'argent, un peu comme un chèque. Au départ de son voyage, le marchand donne une somme d'argent à son banquier. En échange, le banquier lui donne une lettre de change ordonnant à son agent de Venise de lui remettre cette même somme dès son arrivée. Ce système permettait aux marchands de ne pas voyager avec de grosses sommes d'argent sur eux.

deux patriciens [1], amis de longue date, prenaient une part active dans la gestion de la République [2] et aimaient discuter affaires.

Le premier était l'un des marchands les plus importants de Venise. À la tête de sa fraterna [3] depuis la mort de son père, il avait fait fructifier les bénéfices de sa société grâce aux conseils avisés de son ami, propriétaire de la plus ancienne des quatre banques vénitiennes.

Mais si les deux hommes partageaient les mêmes idées sur les plans professionnel et politique, leurs parcours avaient été différents.

Vasco, à l'instar de ses trois plus jeunes frères, avait passé plus de dix ans à voyager à bord des coques [4] ou des galères affrétées par leur père. Il avait aussi, pendant les six années suivantes, pris

1. Nobles. Ce sont eux qui dirigent la cité. Grâce à leur rang, ils ont le droit, dès l'âge de 25 ans, de faire partie du Grand Conseil, comme leur père avant eux et comme le pourront leurs fils.

2. État vénitien.

3. Association familiale maritime.

4. Grands bateaux à voile servant uniquement au transport commercial. Ils étaient généralement escortés de galères, rapides, maniables et armées, chargées de protéger les précieuses marchandises.

la direction commerciale de deux comptoirs, d'abord dans le port d'Alexandrie, puis à Chypre. Cette vie aventureuse, durant laquelle il avait appris à défendre ses intérêts, ses marchandises, et parfois même sa vie, l'avait endurci, tant physiquement que mentalement. À présent, en sa qualité d'aîné, c'était lui qui administrait la fraterna depuis Venise et son expérience faisait de lui un décisionnaire incontournable dans la politique extérieure de la République.

Bernardi, lui, n'avait pour uniques armes que les chiffres, le verbe et la spéculation. Contrairement à Vasco, c'était un homme gras, faible et peureux, qui n'avait jamais quitté la cité des Doges.

Ce matin-là, alors que les deux amis se dirigeaient vers le marché du Rialto, Gentile Vasco repéra Marco. Il s'arrêta derrière un auvent en retenant Bernardi par le bras et lui montra discrètement l'enfant.

Le banquier comprit aussitôt la situation en découvrant l'attitude suspecte du jeune vagabond. Les deux hommes se regardèrent et échangèrent un sourire entendu : dans quelques secondes, il allait y avoir du spectacle…

Marco Cavallo ramassa un bout[1] posé près des paline et observa la foule qui se pressait sur les quais. Chacun vaquait à ses occupations sans se préoccuper de lui. Il décida donc de s'infiltrer dans cette marée humaine et se dirigea furtivement vers l'échoppe du charcutier. Avantagé par sa taille il put s'en approcher sans se faire remarquer par le gros homme. Il emboîta le pas à un porteur jusqu'au pied de l'étal où il attacha l'extrémité de sa corde.

Vittore, chargé de trois sacs, passa devant lui sans le voir. Marco se faufila derrière lui et noua l'autre bout de son lien de façon à le tendre dans le passage.

À présent, il ne lui fallait plus perdre une seule seconde. Il se redressa, attrapa un jambonneau et s'enfuit à toutes jambes.

Giuseppe hurla. Tous les regards se tournèrent vers lui. Avec une vélocité que n'aurait pu laisser prévoir sa corpulence, il s'élança à la poursuite de Marco. Dans sa précipitation, il ne remarqua pas le cordage et se prit les pieds dedans. S'étalant lourdement, il entraîna avec lui les supports de ses étals qui s'effondrèrent aussitôt. Saucissons,

1. Morceau de cordage.

jambons et terrines roulèrent sur les planches inclinées. Avec des gestes aussi désespérés que comiques, Giuseppe tenta en vain de les rattraper. Des éclats de rire fusèrent. Un attroupement de curieux se forma rapidement autour de lui. Quelques enfants se faufilèrent entre les jambes des adultes pour dérober des rillons et s'enfuir.

Furieux, le charcutier hurla à son commis :

— Et alors, abruti ! Ne reste pas planté là, attrape-moi ce voleur !

Vittore s'élança à la poursuite de Marco.

Gentile Vasco et Giovanni Bernardi avaient suivi la scène avec un amusement non dissimulé. Le banquier se tenait le ventre d'une main et de l'autre tentait d'étouffer ses rires.

Sans quitter l'attroupement des yeux, il glissa à l'intention de son ami :

— Tu avais raison, ce gamin est très fort ! Totalement hors la loi, mais totalement très fort !

Il se tourna vers Vasco et reprit :

— Penses-tu que…

Il n'acheva pas sa phrase. Vasco avait disparu.

Bernardi sourit. Il connaissait bien son ami et le savait déjà parti sur les traces du voleur…

L'orphelin avait glissé le jambonneau sous son bras, dans la manche de sa veste, et emprunté une succession de ruelles en direction de Sant' Aponal. À plusieurs reprises, il avait jeté un coup d'œil derrière lui, mais il semblait que personne ne l'avait pris en chasse. Les quelques passants qu'il croisait ne paraissaient pas, non plus, s'interroger sur son compte. Un gamin qui courait dans la rue n'était pas forcément un voleur. De plus, celui-ci n'avait rien dans les mains…

Marco ralentissait sa course lorsqu'il aperçut, loin derrière lui, le commis du charcutier.

« Tiens, tiens, murmura-t-il, amusé, ce cher Vittore ! Le pauvre est au four et au moulin, ce matin… »

L'orphelin tourna dans une impasse déserte et ajouta :

« Épargnons-lui une poursuite fatigante. Il n'a pas besoin de ça en plus… »

Son regard accrocha les potences en bois d'un balcon, au fond du cul-de-sac. Il inspira profondément, puis fonça vers l'une d'elles sans la quitter des yeux. Lorsqu'il arriva à sa hauteur, il avait atteint sa vitesse maximale. Il bondit, l'attrapa, pivota dessous et, d'un coup de reins, se rétablit au niveau du balcon. Ses gestes s'étaient enchaînés avec une fluidité qui témoignait de sa grande habitude de ce genre de voltige.

Marco attrapa les moulures des fenêtres et se hissa sans effort sur le toit de la maison. De l'autre côté de la ruelle, un chat noir l'observait avec curiosité, admiratif…

Lorsque Vittore atteignit à son tour le fond de l'impasse, il resta un instant incrédule. Comment son voleur avait-il fait pour se volatiliser ainsi ? Puis, levant les yeux, il le découvrit.

— Marco ! s'écria-t-il. J'aurais bien dû me douter que c'était toi !

L'orphelin éclata de rire :

— Avoue que Giuseppe méritait une bonne leçon.

Vittore jeta quelques coups d'œil autour de lui. L'impasse était vide, mais il savait qu'à Venise les murs avaient des oreilles. Aussi, préféra-t-il s'abstenir de dire du mal de son patron.

— Il râle beaucoup, mais il n'a pas un mauvais fond.

— C'est vrai.

Les deux jeunes gens se regardèrent un instant, silencieux. Puis, Marco reprit :

— Alors ? Que fait-on ?

— Que puis-je faire ? Courir après toi jusqu'à complies[1] et revenir bredouille ? On n'attrape pas la bora[2] !…

Flatté par ce compliment, l'orphelin sourit :

— Tu es un sage, Vittore.

Puis il grimpa lestement jusqu'au faîte et, avant de disparaître de l'autre côté du toit, lui fit un signe de la main :

— Longue vie à toi !

1. Autrefois, la cloche de l'église et les offices religieux ponctuaient la journée et servaient de points de repère aux gens. Les complies étaient les dernières prières que l'on récitait le soir.

2. Vent froid venant du nord-est et soufflant sur l'Adriatique.

2

Gentile Vasco marchait sur le parvis de l'église San Polo et surveillait les alentours avec fébrilité. Soudain, il s'immobilisa.

Marco venait de déboucher à l'autre bout du campo.

« Parfait, se dit le patricien, les mailles du filet se resserrent... »

Ce n'était pas la première fois qu'il observait les agissements de l'orphelin et de sa bande. Et chaque fois, il avait remarqué que les enfants s'enfuyaient en direction de San Polo. Il avait donc décidé de les attendre là et de les filer pour savoir où se trouvait leur repaire.

Trois autres garçons arrivèrent dans le campo par des rues différentes.

Les quatre orphelins échangèrent un rapide coup d'œil et franchirent le petit canal Sant'Antonio qui bordait tout un côté de la place.

Vasco décida qu'il lui fallait agir vite. Les jeunes vagabonds traversaient le campo San Polo dans sa direction et d'ici à quelques secondes, ils l'atteindraient.

Le patricien aurait pu attendre qu'ils passent devant lui et leur emboîter le pas discrètement, mais il risquait de se faire repérer. Sa filature, si habile fût-elle, avait toutes les chances d'être décelée par l'œil exercé de Marco, il le savait. Aussi, décida-t-il de partir devant eux. Se fiant à son instinct, il prit la direction de Santa Maria Gloriosa dei Frari.

Il marcha du pas lent d'un flâneur et s'arrêta un peu plus loin devant une polentina[1]. Il fit semblant d'attendre son tour, se dissimulant derrière deux hommes qui discutaient, et constata que les enfants prenaient, eux aussi, la même direction que lui. Alors, il repartit, remonta le rio[2] de San Tomà, le franchit et atteignit le campo dei Frari. En traversant le pont, il vérifia du coin de l'œil que les enfants suivaient bien le même chemin.

1. Marchande ambulante de polenta (bouillie de farine de maïs) chaude avec du beurre et du fromage, en périodes hivernales.

2. Petit canal, à Venise.

Lorsqu'il arriva devant l'imposante église de Santa Maria Gloriosa, le patricien décida de la contourner par la gauche. La place, assez populeuse, lui permit de se mettre à l'écart et d'épier sans être vu.

« Par Antoine le saint de Padoue ! » murmura-t-il en apercevant Marco et l'un de ses compagnons qui prenaient à droite. Il réfléchit un instant, vit que les deux autres enfants continuaient vers lui et il choisit finalement de filer ceux-là.

Les garçons remontèrent le campo. Le patricien voulut leur emboîter le pas mais ils se séparèrent à leur tour. L'un d'eux partit devant ; l'autre restait à surveiller les environs.

Le noble perdit rapidement le premier de vue et échappa de justesse à la vigilance du second en se coulant derrière une grosse femme chargée d'une hotte d'épines. Lorsqu'il risqua de nouveau un œil, le guetteur avait lui aussi disparu.

Vasco fendit la foule, accéléra le pas.

« Il ne faut pas qu'ils s'échappent ! se dit-il, il ne faut pas ! »

Soudain, il en aperçut un qui longeait l'arrière de l'église. L'enfant jeta quelques regards furtifs alentour et se glissa dans un bosquet, entre la nef latérale et le couvent.

Le patricien le suivit. Prudemment, il s'enfonça sous les frondaisons. La rumeur de la place s'estompa. Il avança en scrutant les moindres détails autour de lui, mais l'orphelin brillait par son absence.

Vasco atteignit le mur de l'église, incrédule.

« Où peut-il bien être ? » se demanda-t-il en explorant les lieux. Il examina l'édifice sur quelques mètres et découvrit un peu plus loin une vieille porte de bois, cachée derrière un arbuste. Petite et située en contrebas de trois marches, elle pouvait passer complètement inaperçue pour un œil non averti.

Le patricien s'en approcha et tendit l'oreille. Des éclats de voix en filtraient. Il sourit. Sa main gauche se posa sur le bec-de-cane tandis que, de la droite, il s'apprêtait à saisir son épée. Mais il réfléchit et jugea qu'il était préférable de laisser l'arme dans son fourreau. Du moins, pour le moment.

Vasco tourna doucement la poignée de la porte…

Deux minutes plus tôt, Paolo avait rejoint ses six compagnons dans leur repaire. Marco, Ennio et Piero étaient en train de raconter les mésaventures de Giuseppe aux triplés.

Les triplés étaient les plus jeunes de la bande. Ils n'avaient que six ans. Donatella, la seule fille du groupe, et ses deux frères, Jacobello et Jacopo, avaient été recueillis par les quatre autres orphelins une nuit d'hiver alors qu'ils allaient mourir de faim et de froid. Depuis, les grands s'occupaient d'eux et les protégeaient comme des frères attentionnés.

Les grands, c'était tout d'abord Marco, le chef incontesté. Il y avait aussi Ennio. Avec ses treize ans, c'était l'aîné du clan. Le plus costaud aussi. Tout l'opposé de Piero, onze ans, petit et vif. Là où Ennio utilisait son épaule pour ouvrir une porte, Piero, lui, se servait de ses dons en serrurerie. Enfin, celui que Vasco avait filé s'appelait Paolo. Il avait le même âge que Piero mais le dépassait d'une bonne tête. Grand et sec, c'était un beau parleur, aussi menteur que diplomate, à qui l'on aurait donné tous les saints de la Sérénissime [1] sans confession…

Marco narrait pour la deuxième fois la scène de l'ensevelissement du charcutier sous ses saucisses et tout le monde riait à gorge déployée. Paolo déposa les trois rillons qu'il avait volés au

1. Venise.

Rialto près des autres mets, sur l'une des sept paillasses, et poussa une exclamation de joie :

— Iiiihaaa ! La récolte du jour a l'air excellente !

Outre le jambonneau et les huit rillons récupérés par les grands sur le marché du Rialto, la « récolte » comportait également une demi-galette de froment et deux pommes de terre trouvées par les triplés dans la poubelle d'un palais.

Marco leva l'index, jovial :

— Mes amis, ce jour est un jour de festin !

Ses six compagnons éclatèrent de rire et se congratulèrent. Mais leur euphorie fut de courte durée. Vasco entra dans la cave.

Un silence de mort envahit alors les lieux. Les enfants avaient fait volte-face et fixaient l'intrus dans une immobilité reptilienne, prêts à sauter sur lui au moindre geste suspect. Sans les flammes vacillantes des torches fichées dans les murs, on aurait pu croire que le temps s'était momentanément figé.

— Surpris, non ? fit Vasco.

Les enfants ne répondirent pas.

— Vous espériez rester impunis éternellement ? reprit le noble. Seul un faible d'esprit peut penser cela…

— Et vous, vous espérez nous punir, c'est cela ? rétorqua Marco. Nous sommes sept, vous êtes seul.

Le patricien posa la main sur le pommeau de son épée :

— Je suis armé, pas vous.

Le silence retomba. Chaque parti jugea l'autre.

— Nous punir, répéta Paolo, vous souhaitez nous punir !

Marco regarda son ami du coin de l'œil. Il le connaissait suffisamment pour comprendre qu'il allait partir dans un de ces discours dont il avait le secret.

— Mais comment un noble tel que vous, poursuivit Paolo, peut-il s'en prendre de la sorte à de pauvres orphelins, réduits à voler leur nourriture pour survivre ?

— Les riches pensent que les gens comme nous devraient plutôt crever qu'encombrer la Dominante[1], insista Marco, mais ils oublient que nous sommes tous égaux face à notre Seigneur Dieu.

1. À cette époque, Venise comptait environ 100 000 habitants, soit près de deux fois plus qu'aujourd'hui.

— S'ils suivaient sa sainte parole, continua Paolo, ils aideraient les plus pauvres qu'eux en partageant leurs richesses et leur éviteraient ainsi de se mettre hors la loi pour simplement manger.

À ces mots, Gentile Vasco esquissa un sourire :

— En plus, vous êtes malins... C'est très habile de prendre le rôle de la victime quand on est coupable.

— Coupable de vouloir survivre ? Nous n'avons jamais volé que de la nourriture. C'est pour cela que vous voulez nous punir ?

— Qui vous a dit que je voulais vous punir ? Cela est une idée à vous.

La remarque jeta le trouble parmi les enfants. En y réfléchissant, ils réalisèrent que ce noble avait raison. Il n'avait jamais parlé de les punir.

— Mais alors, pourquoi êtes-vous là ? s'écria Ennio.

Vasco marqua une pause, fit mine de réfléchir, puis demanda :

— Savez-vous qu'il existe d'autres moyens pour gagner sa vie ?

— Attendez, fit Marco avec un sourire en coin, vous nous avez pistés jusqu'ici uniquement pour jouer au bon Samaritain ?...

Il éclata de rire :

— Incroyable ! Un patricien qui gaspille son temps à remettre les brebis égarées dans le droit chemin ! Je rêve !…

Le noble, impassible, reprit :

— De la même façon qu'un orphelin n'est pas juste bon à voler, un patricien ne fait pas que voter des lois. Il s'intéresse aussi au bien-être de son peuple.

— D'accord, d'accord, lâcha Ennio que ce discours dépassait, si vous voulez vraiment notre bien-être, donnez-nous quelques ducats [1].

— Cela n'est pas si simple, expliqua Vasco. Je pourrais vous remettre de l'argent, ce n'est pas un problème pour moi, mais cela ne vous aiderait pas. Lorsque vous aurez tout dépensé, vous vous remettrez à voler, comme avant. Et comme avant, vous risquerez votre vie pour de vulgaires larcins. Moi, je pense que vous pouvez arriver au même résultat en travaillant.

— Soyez lucide, fit remarquer Marco. Regardez ce que nous venons de rapporter du Rialto. Aucun pauvre de Venise ne peut se vanter d'avoir ça sur sa table ! Les pauvres travaillent du matin au soir pour du pain noir !

1. Monnaie vénitienne.

— Je suis lucide, c'est vous qui doutez de vos capacités.

— Nos capacités ? Quelles capacités ? Nous ne savons rien faire d'autre que voler !

— Non, vous savez bien plus de choses que ce talent. Vous en possédez d'autres que certains seraient prêts à monnayer un prix conséquent…

Les enfants le regardèrent, brusquement intéressés.

Pour la première fois depuis qu'il était entré dans la cave, Vasco les sentit réceptifs. Il prit donc le ton pondéré et persuasif de l'orateur expérimenté qu'il était et continua :

— Croyez-moi, vous valez bien plus que vous ne le pensez. Si vous voulez réellement vous en sortir, écoutez-moi, je peux vous aider…

3

Un mois plus tard…

Tous les jours, Marco et ses six amis quadrillaient le marché du Rialto. Les plus jeunes étaient installés sur les toits, à des endroits stratégiques d'où ils pouvaient surveiller tout l'espace marchand. Les grands, eux, restaient au sol et observaient discrètement la foule.

Et tous les jours, Giuseppe échangeait le même sourire satisfait avec le charcutier d'en face. Ils étaient heureux, comme tous leurs collègues commerçants.

Pourtant, lorsque Gentile Vasco leur avait proposé d'embaucher Marco Cavallo et sa bande en tant qu'agents de sécurité, ils n'avaient guère été séduits par cette idée. Ils craignaient de laisser entrer le loup dans la bergerie. Mais le patricien s'était porté garant de la bonne volonté des enfants et avait même proposé aux commerçants de leur rembourser leurs marchandises volées si l'expérience tournait mal. Alors, ils avaient accepté et ils ne l'avaient pas regretté.

Quel homme exceptionnel, ce Vasco ! disaient-ils maintenant. Si tous les patriciens s'intéressaient autant que lui aux préoccupations de leurs concitoyens, la vie serait tellement plus simple !

Depuis, grâce à son idée, le marché du Rialto était devenu l'endroit le plus sûr de la ville.

Les quelques voleurs qui s'y étaient risqués n'avaient pas pu déjouer l'ingénieux système mis en place par les orphelins. Grâce à des codes sifflés, les jeunes alertaient leurs aînés puis, par gestes, leur signalaient la nature et la localisation du danger. Alors, les grands prenaient la relève. Chaque suspect était épié, le voleur, lui, arrêté avant même d'avoir pu quitter le marché.

Marco et sa bande connaissaient par cœur toutes les techniques utilisées par les voleurs. Il leur était donc aisé de les mettre en échec.

Leur efficacité et, surtout, leur utilité avaient rapidement fait l'unanimité parmi les commerçants. Et à la fin de la journée, chacun d'eux était content d'offrir aux enfants une rémunération en nature puisée dans leurs invendus. Ainsi, morceaux de viande, de pain, fruits ou légumes remplissaient quotidiennement la besace des sept compagnons.

Eux qui avaient été haïs par les marchands étaient maintenant appréciés et respectés. Car tous savaient par expérience à quel point il était difficile d'attraper un voleur à la tire. Surtout pendant la période du carnaval.

Celui-ci avait débuté depuis plusieurs semaines et la tâche des orphelins s'en était vue compliquée. Des milliers de « masques » circulaient en ville et, sur le marché du Rialto, il devenait parfois difficile de distinguer une bauta[1] d'une autre, un voleur d'un chaland.

Pourtant, ce jour-là, les enfants avaient arrêté un voleur à l'étalage de Giuseppe et ce dernier, pour les récompenser, leur avait offert un grosso[2].

— Notre première pièce ! s'écria Marco en la faisant virevolter dans sa main.

Les orphelins étaient réunis dans leur repaire dei Frari et veillaient en commentant leur journée.

— Je peux la voir encore ? demanda Jacobello, allongé sur sa paillasse.

1. Déguisement porté indifféremment par les hommes ou les femmes, constitué d'un voile noir (ou tabarro), d'un tricorne noir et d'un masque blanc.

2. Pièce d'argent. Il fallait 24 grossi pour faire un ducat.

Marco la lui donna. Le garçon la tourna et la retourna devant ses yeux. Les lueurs des torches se reflétèrent sur le métal blanc.

— Qu'elle est belle ! répéta Jacobello pour la énième fois.

Les autres éclatèrent de rire.

— Tu n'as qu'à la garder, dit Marco en lui tapotant le sommet du crâne.

— C'est… c'est vrai ? balbutia l'enfant, n'osant y croire, jetant des coups d'œil aux autres pour obtenir confirmation.

— Puisqu'on te le dit ! approuva Ennio. Le jour où l'on en aura besoin, on saura où elle est.

Jacobello se mordit les lèvres, incapable d'articuler un merci. Mais dans ses yeux brillait un immense bonheur. Il rangea précieusement la pièce d'argent dans sa poche et ferma les paupières.

Jacopo et Donatella, eux, dormaient déjà.

Les grands se regardèrent en souriant. Ils se sentaient bien. Comme tous les soirs depuis un mois, le dîner avait été excellent et ils voyaient enfin leur avenir avec sérénité.

Paolo bâilla, puis s'allongea sur sa couche :

— Moi aussi je crois que je vais faire de beaux rêves…

Piero l'imita. Ennio remplit son godet dans le seau d'eau posé près de lui et le but à petites gorgées en observant Marco. Celui-ci s'était levé et se dirigeait vers la porte.

— Je vais me dégourdir les pattes, dit-il.

Ennio le regarda sortir de la cave. Il devinait où il allait. Depuis un mois, presque tous les soirs, Marco partait ainsi se promener en direction du palais de Gentile Vasco. Une ou deux fois, Ennio l'avait accompagné.

Marco lui avait confié qu'il admirait le patricien. Ce qu'il avait fait pour eux, aucun noble ne l'aurait imaginé. La condition des pauvres était le cadet des soucis de la classe dirigeante. N'importe qui d'autre les aurait dénoncés aux gendarmes. Lui, au contraire, avait compris que le problème ne se situait pas seulement du côté des commerçants mais également chez ces orphelins livrés à eux-mêmes.

« Jamais personne n'a témoigné la moindre humanité envers moi, lui avait expliqué Marco. Gentile Vasco si. Cet homme est un grand seigneur. Il n'écrase pas la fourmi qui rampe péniblement devant lui. Il cherche à comprendre le poids de son fardeau. Il sait que nous avons tous un rôle à jouer dans la société, grands ou petits.

Mais s'il sait être l'épaule qui soutient le faible, il sait aussi être le bras qui tue l'ennemi. J'ai entendu dire qu'il avait servi la République bien au-delà de la mer Adriatique et qu'il était un valeureux guerrier lorsqu'il le fallait. Voilà pourquoi j'admire Gentile Vasco. »

Marco remontait le labyrinthe des ruelles en direction du Rialto. Malgré l'heure tardive, de nombreux masques traînaient encore dans la ville, souvent par petits groupes, à destination d'une festa da ballo[1]. L'orphelin passa le rio San Polo, puis celui de Sant'Antonio, vers le Grand Canal, au bord duquel s'élevait le palais Vasco.

C'était l'un des plus beaux de Venise avec la Ca' d'Oro[2]. Comme elle, il empruntait au palais des Doges son raffinement dans le jeu ascendant des formes. Sa façade, merveille du gothique fleuri, était ouverte sur ses deux étages grâce à des promenades à balustrade finement sculptées.

Au fur et à mesure que Marco s'approchait du palais, il percevait des éclats de voix, des rires. À travers les fenêtres éclairées du premier étage,

1. Bal populaire.

2. Casa d'Oro (Maison d'Or), demeure jadis recouverte d'or à la façade somptueusement ouvragée.

il distingua des silhouettes dansantes. L'enfant se coula dans une ruelle déserte et escalada le mur d'enceinte du jardin. Arrivé à son sommet, il alla s'installer à l'abri du feuillage d'un laurier.

Silencieusement, l'orphelin observa les invités qui faisaient la fête au palais Vasco. Tous étaient masqués, mais leurs habits, taillés dans les matières les plus nobles, trahissaient leur rang.

Une file de danseurs arriva dans le jardin. Ils passèrent devant Marco sans remarquer sa présence. L'enfant admira leurs masques aux parures précieuses. La farandole décrivit un long arc de cercle autour du puits et repartit en direction du palais où elle disparut.

Dans le calme revenu, Marco perçut alors des gloussements. Il plissa les yeux et distingua un couple enlacé, debout contre le mur d'en face. Le visage enfoui dans le cou de sa bien-aimée, l'homme écartait un corsage de fine dentelle de Burano, découvrant deux seins lourds dont la blancheur accrochait un rayon de lune.

— Le carnaval a ses charmes… souffla une voix derrière Marco.

Ce dernier sursauta et se retourna :

— Ennio ! Tu m'as fait une de ces peurs !

Un sourire ironique aux lèvres, son ami vint s'asseoir près de lui.

— Je n'avais pas sommeil..., et comme je savais où te trouver...

Marco hocha la tête et continua à contempler la belle inconnue.

— Des charmes qui ont toutes les audaces du carnaval... reprit-il en faisant allusion à la remarque de son compagnon.

Ennio n'ajouta rien, captivé, lui aussi, par la poitrine généreuse et frémissante de la libertine.

Les regards des orphelins étaient si attachés au jeu des amoureux qu'ils ne remarquèrent pas l'arrivée de deux hommes dans le jardin. Le couple, lui, s'en rendit compte car il se recula dans l'ombre d'un arbuste.

Marco et Ennio virent les patriciens s'avancer dans le jardin et se diriger vers eux. Instinctivement, ils se recroquevillèrent derrière le laurier.

Les deux hommes portaient la bauta et seules leur taille et la couleur de leur cape permettaient de les distinguer. Le plus grand était en grenat, l'autre en bleu. Ils s'arrêtèrent juste au-dessous des enfants et commencèrent à parler.

— As-tu fait ce que je t'ai demandé ? s'enquit le premier.

— Oui. Vasco ne se doute de rien...

En entendant le nom du noble, les deux amis échangèrent un regard étonné.

— … J'ai mis la marchandise volée dans ses entrepôts, reprit le second, il n'y a plus qu'à avertir les gens d'armes.

— Très bien, tout l'accusera et il ira moisir en prison…

L'homme ricana, puis remit une bourse à l'autre :

— … Beau travail. Voilà pour toi. Mais attention, ces ducats achètent aussi ton silence. Cette affaire ne doit jamais être sue…

Un accent de menace avait infléchi sa voix. L'autre s'en aperçut. Il empocha les sous :

— Je suis une vraie tombe, assura-t-il.

Les deux hommes se séparèrent et regagnèrent le palais.

Stupéfaits par ce qu'ils venaient d'entendre, les orphelins les suivirent des yeux sans mot dire. Puis, Ennio murmura :

— Incroyable !

— Un complot contre Gentile Vasco…

— Il faut le prévenir.

— Tu as raison. Ne perdons pas de temps.

Le duo descendit du mur et contourna l'imposante bâtisse.

L'entrée du palais était gardée par deux portiers. Lorsque les enfants s'y présentèrent, l'un d'eux s'avança dans leur direction.

— Nous devons absolument voir le seigneur Vasco, lui dit Marco.

— Dégagez, les gosses ! aboya l'autre.

— Mais vous ne comprenez pas ! renchérit Ennio. Nous avons un message urgent à transmettre à votre maître !

Le garde tendit la main :

— Dans ce cas, donnez-le-moi et je le lui apporterai.

— Non, fit Marco, il ne s'agit pas d'un message écrit. Par la Madone, il faut qu...

— Filez ! coupa l'homme. Mon maître ne tolère pas de pauvres hères comme vous dans son bal !

— Si vous ne voulez pas nous laisser entrer, insista Marco, demandez au seigneur Vasco de descendre. Nous devons l'avertir d'un complot ourdi contre lui.

Les portiers éclatèrent de rire.

— Celle-ci, on ne nous l'avait pas encore faite ! railla celui qui était resté en retrait.

L'autre prit un air menaçant et hurla :

— Fichez-moi le camp ou je vous jette dans le Grand Canal !

À peine avait-il achevé sa phrase, qu'une voix retentit derrière lui :

— Mais que se passe-t-il ici ? Pourquoi ces cris ?

Les gardes s'effacèrent et un homme masqué apparut dans le hall d'entrée.

Les orphelins reculèrent en reconnaissant la cape grenat liserée d'or du comploteur.

— Ces gamins veulent entrer, prétextant qu'ils ont quelque chose d'important à dire au seigneur Vasco.

— Ah oui ? s'étonna le noble.

Il s'avança vers les deux garçons et demanda :

— Et quelle est cette chose si importante ?

Marco et Ennio ne répondirent pas. Prudemment, ils reculèrent encore.

Ce fut l'un des portiers qui parla à leur place :

— Ces gosses prétendent vouloir l'avertir d'un complot ourdi contre lui !

— Ah oui ? répéta le patricien, de plus en plus intéressé.

Les orphelins virent ses yeux briller d'un éclat meurtrier à travers le masque et prirent peur. Sans réfléchir, ils s'enfuirent en courant.

— Attrapez-les ! ordonna l'homme aux gardes. Et ramenez-les-moi, morts ou vifs !

Les portiers s'élancèrent à la poursuite des deux amis. Ces derniers remontèrent la ruelle sans se retourner jusqu'au premier rio et le longèrent en direction du pont le plus proche.

Derrière eux, les gardes ne perdaient pas de terrain.

— Par là ! cria Marco en désignant une gondole amarrée dans le cours d'eau.

Il prit son élan, sauta sur la poupe de l'embarcation puis sur la proue d'une autre fixée en face et traversa le rio sans problème. Son ami l'imita et le rejoignit sur la fondamenta.

Le premier des deux hommes voulut les suivre mais il n'avait pas leur agilité. Il rata la gondole et tomba dans l'eau froide.

Le second garde hésita à s'élancer. Il regardait les embarcations tanguer sur les vagues créées par son collègue. Ce dernier refit surface et hurla :

— Vas-y ! Saute ! Qu'est-ce que tu attends !

À contrecœur, l'homme prit son élan et bondit. Il franchit le rio avec succès et prit pied sur la rive opposée. Il remonta en courant la rue par laquelle les deux orphelins s'étaient enfuis, mais s'arrêta au premier croisement. Quelle voie prendre ? Et plus loin, d'autres embranchements l'attendaient… Les deux fuyards devaient être loin, à présent. Il comprit qu'il ne les retrouverait plus et fit demi-tour.

4

Cachés sous un ponton, Marco et Ennio reprenaient leur souffle. Devant eux, se déroulait le long serpent moiré du Grand Canal, piqueté des lanternes de quelques gondoles. L'une d'elles passa devant eux et retint particulièrement leur attention.

Elle était richement décorée. Sa cabine, aux boiseries chantournées, captait la moindre lueur dans ses dorures. Mais ce n'était pas sa somptuosité qui les intéressait. Plutôt l'homme qui se tenait debout à la proue. Son visage était masqué et ses épaules recouvertes d'une cape grenat liserée d'or...

— C'est lui ! chuchota Ennio.

Marco acquiesça :

— Il descend vers la Piazza [1]. Certainement pour alerter les gens d'armes. Il faut absolument

1. La Place. Pour les Vénitiens, la Place signifie la place Saint-Marc.

qu'on entre dans ce palais pour prévenir Gentile Vasco.

Tandis que la gondole disparaissait dans la nuit, les deux amis sortirent de leur cachette.

— Entrer dans ce palais, entrer dans ce palais, c'est bien beau, fit remarquer Ennio, mais comment ? Il est mieux gardé que le trésor de saint Marc [1] !

— Nous passerons par les toits. Suis-moi.

Marco guida son ami jusqu'à une maison voisine du palais. Ils s'arrêtèrent sur son ponton et en observèrent un instant la façade. Elle possédait un petit balcon à mi-hauteur, malheureusement situé trop haut pour l'atteindre en sautant.

— Nous n'y arriverons jamais ! se lamenta Ennio.

Marco ne répondit pas. Le nez baissé, il réfléchissait tout en arpentant le ponton. Il contempla une gondole amarrée là et son visage s'illumina soudain.

— J'ai trouvé ! s'écria-t-il.

Il prit l'aviron de l'embarcation et ramassa un cordage accroché sur une palina.

1. Situé dans la basilique Saint-Marc, le trésor est constitué par une collection d'icônes et d'ornements sacrés arrivés à Venise, pour la plupart, après le sac de Constantinople (1204).

— Prends ça, dit-il à son ami en lui tendant la rame.

Celle-ci était longue et fine. Elle devait mesurer au moins deux mètres cinquante, presque autant que la hauteur du balcon.

Marco enroula le cordage autour de son épaule et expliqua :

— Appuie l'aviron sur le mur, je vais grimper dessus. Quand je serai là-haut, je te lancerai la corde.

Ennio était un adolescent costaud et les épreuves de force ne lui faisaient pas peur. Il cala la rame dans l'angle du balcon, puis maintint l'autre extrémité sur son épaule.

— Tu peux y aller, fit-il en fléchissant une jambe, je suis prêt.

Marco prit appui sur sa cuisse et attrapa l'aviron. Ennio banda ses muscles pour garder l'équilibre. Son ami était svelte et agile, ses gestes souples et déliés. Il atteignit le balcon en quelques secondes, puis déroula sa corde, la noua solidement à la balustrade et la jeta dans le vide.

— Envoie la rame et grimpe ! souffla-t-il à Ennio.

Son compagnon s'exécuta et le rejoignit sur le balcon.

Ils réitérèrent leur manœuvre pour accéder au toit, fixant leur corde autour d'une cheminée, puis foncèrent en direction du palais Vasco.

La demeure du patricien était légèrement plus haute que celle où ils se trouvaient, mais cela ne semblait pas leur poser le moindre problème. Avec des automatismes que seule l'habitude peut induire, Ennio s'installa le dos au mur et fit la courte échelle à son ami.

Marco accrocha la gorna [1] et, d'un mouvement du bassin, se rétablit dessus. Il s'y coucha et tendit la main à Ennio pour l'aider.

Ils traversèrent le toit en direction de la façade. Marco attacha une nouvelle fois sa corde autour d'une cheminée et expliqua :

— Dès que je la jette dans le vide, on y va. On descend jusqu'au deuxième balcon. C'est là que se trouve le portego [2] et qu'on a le plus de chances de trouver le seigneur Vasco.

Ennio approuva de la tête. Les deux amis se préparèrent en silence. Ils échangèrent un regard et Marco lança la corde. En une poignée de secondes,

1. Gouttière de pierre.

2. Pièce la plus vaste de l'étage noble. C'est là que se déroulent les fêtes, bals et réceptions.

les orphelins glissèrent jusqu'au premier étage. Ils prirent pied sur la balustrade et sautèrent sur la promenade.

Une femme hurla. Une autre s'exclama :

— Des malandrins !

Deux hommes attrapèrent Ennio. Marco fila dans le portego.

Les nombreux masques présents se tournèrent vers lui dans un silence de stupéfaction. L'orphelin scruta l'immense salon à la recherche du maître des lieux, sans y parvenir. Alors, il remonta la salle en criant :

— Je dois parler au seigneur Vasco ! De toute urgence !

Au bout du portego, Marco aperçut l'homme à la cape bleue. Se voyant repéré, celui-ci recula vers l'escalier principal. L'orphelin voulut l'interpeller, le dénoncer, lorsqu'une voix l'en empêcha :

— Attrapez cet intrus !

Les deux hommes qui avaient attrapé Ennio venaient de faire irruption dans la pièce et l'un d'eux pointait un index accusateur.

— C'est un rôdeur ! ajouta-t-il.

Des cris résonnèrent autour de Marco. Une dizaine d'hommes convergèrent vers lui. Là-bas, le noble à la cape bleue disparut dans l'escalier.

L'orphelin se faufila entre deux serviteurs chargés de grands plateaux et monta sur une table somptueusement garnie.

— Je ne suis pas un rôdeur ! hurla-t-il. J'ai un message pour le seigneur Vasco !

Maintenant, ses poursuivants l'encerclaient. Certains avaient sorti leur épée.

Marco chercha une issue, un lustre où s'accrocher, mais en vain.

— Laissez-le ! cria quelqu'un. Il dit la vérité !

L'agitation cessa brusquement. Tous regardèrent l'homme masqué qui venait d'intervenir. Certains s'écartèrent sur son passage. Une vague de chuchotements parcourut l'assistance.

Il retira son masque et les orphelins reconnurent Gentile Vasco. Marco sauta lestement au sol et courut vers lui.

Le patricien fit un geste de la main pour qu'on relâche Ennio. Il repensa alors à ce que ses portiers venaient de lui rapporter, à ces deux jeunes vagabonds qu'ils avaient refoulés. Il sourit en pensant : « Rejetés par la porte, de retour par la fenêtre !... »

Quand Marco et Ennio furent près de lui, il demanda :

— Que se passe-t-il ?

Mais, comprenant que les deux garçons avaient des choses importantes à lui confier, il les invita à le suivre :

— Venez, descendons dans mon bureau, nous y serons plus au calme pour discuter.

Il se tourna vers le chef d'orchestre et s'écria :

— Maestro ! Et alors ? Musique !

Puis vers ses hôtes :

— Que la fête continue !

À ces mots, ceux-ci reprirent leur joyeux brouhaha comme si rien ne s'était passé.

Vasco mena les deux garçons jusqu'au mezà [1] par un escalier secondaire et les fit entrer dans son bureau.

— Alors ? questionna-t-il. Faut-il que le message dont tu parles soit si grave que vous fassiez ainsi irruption chez moi en pleine fête ?

— Il l'est, seigneur Vasco. Nous avons surpris la conversation de deux de vos invités, dans le jardin.

— Par tous les diables ! Que complotiez-vous dans mon jardin ?

— Nous n'étions pas dans votre jardin, rectifia Ennio, seulement sur le mur d'enceinte et…

1. Entresol situé dans les parties hautes des entrepôts.

— Ne perdons pas de temps en vains bavardages, coupa Marco, les gens d'armes peuvent arriver d'un moment à l'autre et…

— Les gens d'armes ! s'exclama Vasco. Mais enfin, allez-vous m'expliquer ?!

Marco regarda par la fenêtre et crut apercevoir au loin les lumières d'une dizaine de barques. Aussi, s'empressa-t-il de continuer :

— Ces hommes complotaient contre vous : ils ont mis des marchandises volées dans vos entrepôts et veulent vous accuser.

— Seigneur Jésus ! En êtes-vous sûrs ?

— Absolument.

— Sauriez-vous reconnaître ces félons ?

— Non, ils portaient la bauta.

— L'un d'eux avait une cape grenat liserée d'or et l'autre une cape bleue, précisa Ennio.

Vasco réfléchit.

— Ces capes-là sont ordinaires et j'ai, ce soir, plus d'une centaine d'invités…

Marco s'avança vers la fenêtre et distingua, cette fois très nettement, les lanternes des embarcations des gens d'armes qui remontaient le Grand Canal.

— Sans vouloir vous conseiller, monseigneur, dit-il au patricien, nous ne devrions pas rester là à ne rien faire. J'ai l'impression que vos ennemis ont déjà prévenu les forces de l'ordre.

Vasco regarda dehors et aperçut les bateaux.

— Tu as raison.

Il sortit de son bureau et descendit la volée de marches qui menait à ses entrepôts, suivi des orphelins. Il examina ses marchandises, puis s'arrêta devant deux gros sacs fermés par une cordelette verte qu'il identifia aussitôt.

— C'est impossible, ils n'étaient pas là hier encore ! s'écria-t-il.

D'une main fébrile, il dénoua les liens en expliquant :

— Ces sacs appartiennent à un noble du nom de Vittorio Carsetti ! Mon Dieu ! Ce vol remonte à deux semaines ! Vous aviez raison, quelqu'un a mis ces sacs ici pour me nuire !

Il les ouvrit et plongea la main dedans. Le premier contenait des sachets d'épices variées, le second du sel d'Ibiza d'un rouge d'une grande pureté.

Le patricien semblait comme hypnotisé par ces sacs.

Les deux orphelins, en grands habitués du danger, sentaient que le temps leur était de plus en plus compté.

— Il ne faut pas rester là, lança Marco.

Soudain, des éclats de voix et des pas résonnèrent sur le ponton. Quelqu'un frappa à la porte en criant :

— Ouvrez ! Ouvrez à Messer Grande[1] !

En entendant ce nom, les deux garçons et le patricien tremblèrent. Les pouvoirs du tribunal des Dix étaient quasiment illimités. Il suffisait qu'il ait eu connaissance d'une dénonciation, même anonyme, pour qu'il arrête et emprisonne aussitôt le présumé coupable.

Les yeux de Vasco accrochèrent les deux sacs volés. Les Dix en avaient déjà condamné à mort avec des preuves bien plus minces que ça…

— Non, je n'ouvrirai pas ! répondit-il.

— Qui ose parler ainsi à un représentant de la République ? reprit la voix.

— Le gentilhomme Gentile Vasco, lui-même. Je ne me livrerai pas à la justice car je suis innocent et j'entends bien le prouver.

— Cette attitude n'est point celle d'un innocent ! répliqua Messer Grande.

— Cette attitude est celle d'un homme victime d'un complot qui ne se laissera pas enfermer sans avoir découvert le vrai coupable !

1. Chef des agents aux ordres du Conseil des Dix (tribunal chargé de la sécurité de l'État).

Le chef des agents maugréa. Sa voix se fit dure et péremptoire.

— Je vous somme d'ouvrir cette porte, sinon je donne l'ordre de l'enfoncer ! hurla-t-il.

Tout en disant cela, Messer Grande faisait signe à ses hommes d'encercler le palais.

Ennio, qui s'était rapproché d'une fenêtre, s'en aperçut aussitôt.

— Enfer ! Ils contournent le palais ! prévint-il.

Sans prendre le temps de répondre à l'interpellation de l'agent, Vasco entraîna les deux amis vers le fond de ses entrepôts.

— Venez, vite ! Filons par-derrière !

Au moment où les trois fuyards s'engouffraient dans un couloir sombre, des coups violents ébranlèrent la porte.

5

Vasco et les orphelins ressortirent dans une venelle couverte.

Un peu plus loin, sur leur gauche, des appels et des ordres fusèrent. Les gens d'armes n'étaient pas encore en vue, mais semblaient se rapprocher rapidement.

— Par là ! s'écria Marco en se ruant vers la droite.

Ennio et Vasco le suivirent.

À peine venaient-ils de s'élancer, qu'un homme de Messer Grande apparut derrière eux à l'autre bout de la rue.

— Il est là ! Par ici ! cria-t-il à ses collègues. Par ici !

Les trois fuyards accélérèrent et, sous la conduite de Marco, enfilèrent une succession de ruelles.

La poursuite dura de longues minutes. Derrière eux, les agents ne lâchaient pas prise. Ils s'étaient déployés pour tenter de les prendre en tenailles. Ainsi, lorsque les fugitifs bifurquaient, ils étaient irrémédiablement récupérés par d'autres poursuivants dans les rues adjacentes.

Sans cesser de courir, Marco analysa la situation et tenta d'y trouver rapidement une solution. La fuite par les toits était proscrite car il ne savait pas si Gentile Vasco serait capable de les suivre. Traverser les canaux en sautant était également risqué. Rejoindre à la nage l'entrée d'une cave immergée ? Non, les canaux les plus proches ne s'y prêtaient pas.

Il constata alors que les passants étaient de plus en plus nombreux autour d'eux et comprit qu'ils se rapprochaient du campo San Polo.

Il sourit.

Mais oui ! Pourquoi n'y avait-il pas pensé plus tôt ? Les *Compagnie della Calza*[1] avaient prévu une chasse aux taureaux sur cette place, ce soir. L'endroit devait être noir de monde en ce moment et il serait aisé de se cacher dans la foule.

1. Compagnies de la Chaussette, bandes de jeunes nobles vénitiens organisant des fêtes et des spectacles publics. Leur nom, *calza*, venait d'une devise brodée sur les chaussettes et aussi de leurs habits fantaisistes et colorés.

Il entraîna ses compagnons vers le campo et y découvrit effectivement un public nombreux, bruyant et gesticulant. Il s'y enfonça avec eux. Se faufilant à travers les milliers de masques qui peuplaient les lieux, ils contournèrent la zone dangereuse. Là, des hommes s'amusaient à retenir et à guider un gros taureau avec une corde attachée à ses cornes. Derrière l'animal, des chiens dressés l'excitaient en lui mordant ses parties les plus vulnérables.

Les agents de Messer Grande arrivèrent à leur tour sur la place. Ils repérèrent la haute silhouette du patricien et se lancèrent à sa poursuite. Les deux orphelins, eux, profitant de leur taille pour se cacher parmi les adultes, échappaient momentanément aux regards de leurs poursuivants.

Débouchant de rues différentes, les gens d'armes convergèrent lentement vers Vasco. À présent, ils voyaient nettement sa grande cape bleue et sa bauta immaculée, reconnaissable entre toutes car incrustée de perles de Majorque.

Les hommes du tribunal progressaient beaucoup plus vite que le patricien parce que les gens, en découvrant leur visage non masqué et en reconnaissant leur tenue, s'écartaient sur leur passage.

Marco et Ennio se retournèrent pour la énième fois et aperçurent leurs poursuivants qui fendaient le public, à quelques mètres d'eux. Ils semblaient surgir de partout. À droite, à gauche, derrière, ils fonçaient dans leur direction en hurlant : « Laissez passer ! Félon en fuite ! Laissez passer ! »

Dans une poignée de secondes, ils seraient sur eux, c'était inévitable. Les deux garçons échangèrent un regard entendu et se séparèrent. Plongeant dans le dédale des jambes, ils disparurent vers l'autre bout de la place, chacun de leur côté.

— Les gosses s'échappent ! hurla un agent.

— Peu importe ! répondit un de ses collègues. C'est l'autre qu'il nous faut !

Aussitôt, trois gens d'armes atteignirent le patricien et lui sautèrent dessus. Sa cape bleue se déchira sous l'assaut. Il se débattit, mais les agents le tenaient fermement. Il tourna son masque perlé vers un quatrième homme qui venait d'arriver et reconnut Messer Grande.

— Bravo, les gars ! Beau travail ! fit ce dernier.

Il jubilait intérieurement en apercevant le regard terrorisé du patricien qui s'écriait :

— Que se passe-t-il ? Je n'ai rien fait ! Je n'ai rien fait !

L'un des agents lui arracha brutalement masque et tricorne :

— Rien fait ? C'est ce qu'on va v…

Mais il ne termina pas sa phrase. La stupéfaction l'avait figé.

— Bande d'incapables ! vociféra Messer Grande en découvrant lui aussi qu'il ne s'agissait pas de Vasco. Notre homme doit être loin, maintenant !

— Celui-là doit être un complice ! fit l'agent, revenu de sa stupeur.

Mais l'inconnu, apeuré, secoua la tête.

— Je n'ai rien fait ! Je n'ai rien fait ! répétait-il. Un noble m'a proposé d'échanger sa cape et sa bauta avec les miennes et j'ai trouvé ça amusant, c'est tout. Je vous assure, c'est la vérité !

— Oh, ça va ! souffla le chef des agents en levant la main de dépit.

Il se tourna vers ses hommes :

— Relâchez-le, vous voyez bien qu'il n'y est pour rien !

Il tourna les talons et s'en alla, suivi de ses sbires.

— J'ai parfois l'impression de commander une équipe de bras cassés ! râla-t-il. Angelo !

Un agent s'approcha :

— Oui, Messer Grande ?

— Je veux qu'on quadrille Venise et qu'on retrouve ce Vasco. Passez l'information aux seigneurs de la nuit[1], aux arsenalotti, bref, à tous ceux qui peuvent nous donner un coup de main : que chacun ouvre l'œil et nous aide à le coincer !

Marco, Ennio et Vasco rallièrent le repaire dei Frari en quelques minutes. Réveillés par cette triple irruption et les discussions animées des arrivants, Piero et Paulo s'approchèrent.

— Que se passe-t-il, ici ? s'écria le premier.

— Seigneur Vasco ? s'étonna l'autre. Quelque chose de grave est arrivé ?

— Oui, répondit Marco.

Il leur rapporta par le menu les événements qu'ils venaient de vivre. Quand il eut fini, Paolo siffla :

— Sang d'anguille ! Cette histoire est hallucinante !

Il se tourna vers Vasco et reprit :

— En tout cas, seigneur Vasco, vous pouvez compter sur nous pour vous aider à démasquer ces vermines.

— Oui, ajouta Marco. Nous allons tout mettre en œuvre pour ça.

1. Vigiles chargés du maintien de l'ordre public, la nuit, dans chaque quartier.

Le patricien posa ses mains sur les épaules des garçons en souriant :

— Je vous remercie.

Puis il souffla et s'assit sur un bloc de pierre :

— Je crois, effectivement, que je vais avoir besoin d'un sérieux coup de main.

Les quatre orphelins l'entourèrent.

— Le problème, remarqua Ennio, c'est qu'on n'a pas beaucoup d'indices pour commencer.

— Oui, approuva Marco. Nous n'avons pas vu les visages des deux comploteurs. Quant à leurs voix, je serais bien en peine de les reconnaître. Elles étaient étouffées par leur masque. Ce qui est sûr, par contre, c'est que leur allure était celle de gentilshommes.

Vasco se fit pensif :

— Quel peut bien être le mobile de nobles hommes pour vouloir ainsi ma perte ?

— La jalousie, supposa Paolo.

— Non, on ne prend pas de tels risques par simple jalousie.

— Une vengeance quelconque, suggéra Piero.

— Impossible, je n'ai que des amis. J'ai toujours eu pour ligne de conduite d'être le plus droit possible, tout le monde vous le dira.

Ennio fit la moue :

— En attendant, Messer Grande n'a pas paru en tenir compte, tout à l'heure…

— Ennio ! s'écria Marco devant le manque de respect de son ami envers un seigneur.

Mais Vasco ne s'en formalisa pas :

— Laisse, il a raison. Chacun sait que Messer Grande aime faire du zèle. Le problème, maintenant, c'est qu'il ne me lâchera pas. Si je mets le nez dehors, je risque d'être repéré et dénoncé.

Il réfléchit un instant et reprit :

— Finalement, je ne sais pas si c'est une bonne chose de vous entraîner dans cette sale affaire, vous venez à peine de rentrer dans le droit chemin et…

— C'est vous qui nous avez aidés à nous en sortir, coupa Marco, et aujourd'hui c'est à notre tour de vous aider. Je trouve ça tout à fait normal. Refuser notre aide maintenant serait mépriser les petites gens que nous sommes.

Le patricien éclata de rire :

— Holà ! Comment parles-tu à un seigneur, mon garçon !…

Marco leva le menton :

— Sauf le respect que je vous dois, mes paroles ne sont que l'expression de mon sentiment.

— De notre sentiment à tous, enchérit Paolo.

Piero et Ennio acquiescèrent.

— Soit ! fit Vasco en se levant. J'accepte votre aide, mais à deux conditions.

— Lesquelles ?

— Premièrement, je ne veux pas que cela nuise à votre travail sur le marché. Et, deuxièmement, si je parviens à sortir de ce guêpier grâce à vous, vous devrez alors accepter sans discuter le cadeau que je vous ferai.

— Un cadeau ! s'étonna Marco. Quel cadeau ?

— Je n'en sais rien encore. Nous verrons cela en temps utile.

L'orphelin fit mine de réfléchir, puis haussa les épaules :

— Vous savez, votre deuxième condition sera facile à remplir. On ne nous a jamais fait de cadeau, alors pour une fois qu'on veut nous en faire un, on ne va certainement pas le refuser !

Ses amis et lui éclatèrent de rire. Il regarda Vasco et dit :

— Marché conclu !

L'homme et l'enfant se serrèrent la main. Ennio, Piero et Paolo ajoutèrent la leur sur celle de l'adulte.

— À l'union de nos différences ! lança Paolo.

— Et à la victoire de notre alliance ! ajouta Vasco en levant toutes les mains avec la sienne.

6

Marco et Paolo marchaient dans le Dorsoduro [1] en direction du palais de Giovanni Bernardi.

L'après-midi était déjà bien entamé et les ruelles commençaient à s'assombrir.

— Crois-tu que le seigneur Bernardi va daigner nous recevoir ? demanda Paolo.

Marco montra la boucle de la cape de Vasco :

— S'il reconnaît cet anneau, il nous recevra.

Les deux adolescents avaient laissé leurs camarades se débrouiller seuls au Rialto. À cette heure avancée, le marché perdait de son activité et il était plus facile à surveiller. Les voleurs préféraient la foule et l'abondance du matin pour commettre leurs larcins. Les seuls êtres indésirables qui hantaient encore les lieux l'après-midi étaient quelques mendiants sans danger.

1. Quartier de Venise.

Quand Vasco leur avait confié la boucle en or de sa cape, il leur avait expliqué ce qu'il attendait de son ami banquier:

Trois ans auparavant, le patricien avait dû s'absenter plusieurs mois pour rejoindre un de ses frères à Chypre. Il avait confié la direction de sa fraterna à Giovanni Bernardi qui l'avait fort bien gérée. À présent, il ignorait combien de temps il allait devoir se cacher pour enquêter dans l'ombre et prouver son innocence, mais il savait qu'il pouvait compter sur Bernardi. Celui-ci accepterait sans hésiter d'administrer de nouveau sa société pour lui. Il suffisait de le lui demander.

Marco et Paolo traversèrent le campo San Barnaba et rejoignirent le rio San Trovaso, qu'ils suivirent jusqu'au Grand Canal.

Les deux adolescents s'arrêtèrent devant le majestueux palais du banquier.

— Par les lions de saint Marc ! s'exclama Paolo, cet homme-là doit être sacrément riche !

L'entrée, côté terre, était protégée par un portail en fer forgé flanqué de deux colonnes de pierre blanche d'Istrie finement sculptées. Elles portaient le blason des Bernardi et se rejoignaient en décrivant une arche ogivale.

Marco saisit la chaîne qui pendait près de la grille et tira dessus. On entendit le son d'une cloche résonner dans le palais. Quelques secondes plus tard, un portier arriva.

— Que voulez-vous ?

— Nous sommes porteurs d'un message à l'intention du seigneur Bernardi, répondit Marco.

L'homme les toisa longuement.

— Nous sommes envoyés par le seigneur Vasco, ajouta Paolo.

En entendant ce nom, le gardien se raidit :

— Le seigneur Vasco ?

Marco tendit la boucle en or à travers la grille :

— Oui. Gentile Vasco. Il nous a confié ceci pour prouver notre bonne foi.

L'homme prit l'anneau et l'examina. Son regard alla de la boucle aux orphelins, pour revenir finalement à la boucle.

— C'est la vérité, insista Paolo.

Le portier fit la moue, souffla par le nez, puis lâcha :

— Je vais voir si Son Illustrissime daigne vous recevoir.

Il disparut dans le palais.

— Il ne nous recevra jamais, chuchota Paolo à son ami.

— Arrête d'être pessimiste. S'il est vraiment l'ami du seigneur Vasco, il nous recevra.

— Un homme de ce rang ne parle pas à des vagabonds.

Marco haussa les épaules :

— Nous verrons bien.

Peu après, le portier réapparut. Il ouvrit la grille et dit :

— Entrez.

Les deux amis pénétrèrent dans l'enceinte. L'homme la referma derrière eux et les invita à le suivre.

L'intérieur du palais était somptueux. Le hall d'entrée, dallé d'un damier de marbre, brillait de mille éclats. Deux polyptyques[1] de Lorenzo Veneziano[2] encadraient le monumental escalier. Leur Vierge au sourire apaisant renvoyait une lumière dorée et chaleureuse au visiteur.

Le portier mena les orphelins jusqu'à l'étage. Ces derniers n'en finissaient plus de regarder autour d'eux, émerveillés par la richesse des lieux. Ils remontèrent un couloir où étaient exposés les portraits de toute la dynastie des Bernardi. Sur le dernier tableau, on pouvait voir le maître de

1. Peinture réalisée sur plusieurs panneaux reliés, pouvant se replier ou fixes.

2. Peintre vénitien du XIVe siècle.

maison entouré de sa famille. Le portier s'arrêta un peu plus loin, devant une double porte, et s'annonça en faisant résonner une cloche intérieure.

— Entrez ! fit une voix de l'autre côté de l'huis.

Le majordome ouvrit et dit :

— Vos messagers, Illustrissime.

Les deux amis pénétrèrent dans une salle assez grande, décorée avec goût. Le plafond était habillé d'une fresque où des anges partageaient un coin de ciel avec une madone. Sur les murs marquetés, des luminaires en verrerie de Murano supportaient de grosses bougies soigneusement entretenues.

Giovanni Bernardi, installé derrière un bureau encombré de livres de comptes, leva les yeux vers ses visiteurs.

— Approchez, demanda-t-il aux garçons.

Puis, se tournant vers son serviteur, il ajouta :

— Vous pouvez disposer, Tomà.

Lorsque le portier eut disparu, le banquier murmura :

— Je vous écoute.

Marco lui relata rapidement les événements qu'ils avaient vécus, la nuit précédente, en compagnie de Vasco.

— Par tous les saints ! s'exclama Bernardi. Ce que l'on m'a narré hier soir était donc vrai !... Enfin... Je veux dire... ce dont on l'accuse... J'ai tout de suite pensé à un complot. Il ne pouvait en être autrement. Je connais Gentile depuis des années et...

Il marqua une pause, puis reprit :

— Il va bien, au moins ?

— Oui, répondit Marco. Il a simplement besoin d'aide.

— Que puis-je faire pour lui ?

— Il a décidé de ne pas se rendre à la justice. Il veut enquêter lui-même sur cette affaire et prouver son innocence. Il ne sait pas combien de temps il va devoir rester dans l'ombre et il souhaiterait que vous preniez la direction de ses affaires en attendant, comme vous l'aviez fait autrefois.

— Ça, ce n'est pas un problème, fit Bernardi. Dites à Gentile de se rendre chez Maître Luigi Lavita, ce soir même, à la tombée de la nuit. Je l'y rejoindrai pour signer les papiers m'autorisant à administrer ses biens.

7

La plume glissait nerveusement sur la feuille de papier. Au fil des pleins et des déliés, on distinguait les noms de Vasco et de Bernardi. Dans le silence de la pièce, le grattement appliqué du notaire semblait omniprésent.

Gentile le regardait faire. Les orphelins, eux, immobiles au centre de l'étude, admiraient les tableaux couvrant les murs.

Soudain, Maître Lavita suspendit son geste.

— Êtes-vous sûr qu'il va venir ? demanda-t-il à Vasco.

Le patricien ouvrit la bouche pour répondre lorsqu'une cloche résonna dans la maison. Le tabellion échangea un regard entendu avec le noble et se remit à écrire.

Quelques secondes plus tard, Giovanni Bernardi, introduit par un majordome, entra dans la pièce. En voyant Vasco, il leva les mains et, un large sourire aux lèvres, s'écria :

— Gentile, mon ami !

Les deux nobles s'embrassèrent.

— Excuse-moi d'être un peu en retard, reprit le banquier, mais j'ai eu une affaire urgente à régler.

— Pas de problème, Zanni [1], les affaires sont les affaires !

Bernardi eut l'air grave :

— Sale histoire… Tu as une piste ?

— Pas la moindre. Mais…

Vasco se tourna vers les enfants.

— … j'ai des yeux et des oreilles pour m'aider…

Le banquier sourit. Il était au courant de ce que son ami avait fait pour les orphelins. Il connaissait leur valeur de réputation, et il savait qu'ils lui seraient d'un recours précieux pour obtenir des informations sur les coupables de cette machination.

— La seule chose qui me manque, pour l'instant, c'est de l'argent.

— Pourquoi n'as-tu pas chargé les gosses de me le dire ? Je t'en aurais apporté.

— Je n'y ai pas pensé.

1. Diminutif de Giovanni.

Vasco se mordit les lèvres, réfléchissant au problème. Il se pencha vers son ami et chuchota :

— Peux-tu m'en apporter demain ?

— Oui.

— Très bien. Demain soir, alors, derrière Santa Maria Gloriosa, entre la nef latérale et le couvent, c'est là que…

Son regard croisa celui de Marco et il comprit qu'il était sur le point de divulguer un secret qui n'était pas le sien.

— … je te donne rendez-vous, poursuivit-il prudemment. Apporte-moi une dizaine de ducats, ça devrait suffire, pour l'instant.

— Je serai là. Et si tu as besoin de quoi que ce soit d'autre, n'hésite pas.

Le notaire toussa pour attirer l'attention des patriciens :

— Je viens de terminer le pouvoir[1] que vous m'avez demandé. Désirez-vous le relire ?

Vasco tendit la main et prit le document. Bernardi et lui le lurent en silence.

— Très bien, fit Gentile.

Il saisit la plume, écrivit « autorise le pouvoir » et signa près de son nom, en bas de l'acte.

1. Acte écrit par lequel on donne pouvoir d'agir, de gérer, d'administrer… à quelqu'un.

Puis, son ami apposa un « accepte le pouvoir » et sa signature.

Le notaire récupéra et rangea le document tandis que les deux nobles se serraient la main.

— Merci, dit Vasco.

— Bonne chance, répondit Bernardi.

Marco se pencha vers les triplés et souffla :

— Partez devant et surveillez les environs. On arrive.

Les orphelins sortirent de la pièce et dévalèrent les escaliers. Le majordome leur ouvrit la porte avec un air à la fois méprisant et soulagé.

Lorsque Vasco et les quatre aînés sortirent à leur tour, le portier avait retrouvé le sourire. Un sourire mielleux qu'il adressa uniquement au patricien en disant :

— Que la nuit vous soit douce, Votre Seigneurie.

La maison du notaire donnait sur une rue tranquille du campo San Zan Degolà, dans le quartier de Santa Croce. À gauche, on accédait à la place et son église, à droite, au lacis de ruelles habituel.

Marco tendit l'oreille, mais les triplés n'avaient visiblement rien à signaler. Par mesure de précaution, il décida toutefois d'éviter le campo. Sans attendre de consigne, Paolo et Ennio partirent devant pour ouvrir le chemin et remontèrent la rue jusqu'au premier embranchement.

Vasco avait fermé sa cape, mis sa bauta et son tricorne, et marchait derrière, en compagnie de Marco et de Piero.

Tous avançaient silencieux. Grâce aux sifflements des triplés, Marco guidait la route du patricien de façon à éviter les mauvaises rencontres. Ainsi, les seules personnes qu'ils croisèrent furent de simples passants isolés.

Mais bientôt, Marco se pencha vers Vasco pour chuchoter.

— Ne vous retournez pas, j'ai l'impression que nous sommes suivis.

— C'est peut-être un hasard, souffla le noble.

— Peut-être. De toute façon, on va vérifier.

Il siffla un code, indiquant qu'ils bifurquaient à gauche, puis guida Vasco et Piero dans une ruelle transversale. Loin devant eux, les triplés sifflèrent également. Paolo et Ennio transmirent les informations : la zone où ils se dirigeaient était dangereuse.

Marco reprit aussitôt une autre rue sur la gauche, passa un pont et s'orienta différemment. Mais son sifflement suivant n'eut d'autres échos que des avertissements de danger.

— Ça sent l'roussi ! fit Piero qui avait, lui aussi, analysé les alertes de ses compagnons.

Marco se retourna et aperçut la même silhouette que tout à l'heure au bout de la ruelle.

— Filons par là ! décida-t-il en s'élançant vers une rue plus large.

Loin devant eux, Ennio et Paolo s'évanouirent dans des coins d'ombre en sifflant un dernier avertissement. À l'extrémité de l'artère, trois hommes habillés de noir apparurent. Ils faisaient mine de marcher, mais leur pas n'était pas celui de promeneurs.

Marco fonça vers une ruelle adjacente et, avant de s'y engouffrer, aperçut les individus qui s'élançaient à leur poursuite.

Il n'y avait plus une seconde à perdre. Marco fit défiler le plan complet du quartier dans sa tête et chercha la meilleure issue possible. La solution aurait été facile s'il avait été seul, ou même avec Piero. Mais le noble serait-il capable de passer aux mêmes endroits qu'eux ? Aurait-il assez de force et de souplesse pour réussir les acrobaties indispensables au franchissement de certains passages ?

À présent, plus aucun sifflet ne retentissait alentour. Marco espérait simplement que ses compagnons avaient réussi à s'enfuir.

Il prit appui sur le rebord d'une fontaine et sauta vers un toit bas. Piero l'y suivit. Les deux garçons se retournèrent prestement afin d'aider le patricien à les rejoindre, mais celui-ci avait déjà bondi et s'était rétabli près d'eux sans problème.

Marco fit un clin d'œil à son ami. Vasco l'étonnait de plus en plus. Ils traversèrent le toit et grimpèrent sur un autre, plus élevé. Des éclats de voix retentirent. Leurs poursuivants s'étaient rejoints à l'endroit où ils avaient disparu et certains commençaient à escalader le mur. Pendant ce temps, Marco guida ses amis vers une autre ruelle où ils prirent pied.

— Par là ! chuchota-t-il.

Au moment où ils commençaient à la remonter, des appels résonnèrent derrière eux. Des hommes en noir, le visage masqué, les prirent en chasse.

Les trois amis détalèrent.

La rue décrivait un arc de cercle et, bientôt, leurs poursuivants les perdirent de vue.

Marco voulut prendre une allée transversale, mais les silhouettes menaçantes s'y découpèrent. Il sentit la peur l'envahir. Il avait l'impression qu'un réel déploiement de forces avait été décidé dans le quartier. Comme si quelqu'un savait que lui et ses amis allaient être ici, ce soir, et avait organisé ce piège…

Piero le tira de sa torpeur en lui prenant le bras :

— Par là !

Instinctivement, il le suivit.

— Tu es fou ! c'est une impasse ! s'écria-t-il, réalisant soudain le danger.

— Vite, dépêchez-vous ! insista Piero.

Il mena ses deux compagnons jusqu'à un porche où s'ouvrait la boutique d'un mascherero [1], puis, s'accroupissant devant la porte, il sortit des rossignols [2] de sa poche.

— Je sais que c'est une impasse, lâcha-t-il, mais nous n'avons pas d'autre choix.

Il avait introduit deux fines tiges de métal dans la serrure et les tournait lentement, cherchant le cran qui permettrait de la crocheter.

Dans la rue qu'ils venaient de quitter, des cris fusèrent :

— Rien ici !

— Par là non plus !

— Introuvables !

1. Faiseur de masques. Le masque n'étant pas seulement porté à l'occasion du carnaval, un véritable commerce se développa autour de cet artisanat. Les maschereri obtinrent même leur propre statut le 10 avril 1436.

2. Instruments servant à crocheter une serrure.

Marco jeta un œil dans l'impasse. Personne. Mais il savait que cela n'allait pas durer.

Au même moment, comme pour le confirmer, un homme s'écria :

— Ils ne peuvent être que là !

— Mais c'est un cul-de-sac ! répondit un autre. Ils ne sont pas assez fous pour…

— C'est la seule explication, coupa le premier. Allons-y !

Vasco frissonna. Il se pencha vers Piero et demanda :

— Tu y arrives ?

Piero ne répondit pas. La langue coincée entre les dents, il se concentrait sur son travail.

Marco vit leurs poursuivants pénétrer dans l'impasse et il se recula dans l'ombre du porche.

— Dépêche-toi ! souffla-t-il à son ami.

Piero commençait à sentir le mécanisme bouger. Maintenant qu'il avait trouvé le cran d'ouverture, il ne lui restait plus qu'à faire pivoter le rouage.

Les pas de leurs poursuivants résonnaient dans la ruelle.

Piero fit tourner son rossignol dans la serrure. Mais l'engrenage résista et l'outil cassa.

Vasco et Marco s'aperçurent aussitôt de l'incident. Le premier se signa. L'autre se prépara à surgir de l'ombre et à affronter les hommes en noir.

Ces derniers étaient tout près, maintenant.

Piero saisit un autre rossignol, plus épais, et l'introduisit dans la serrure. Chaque seconde était comptée. Il récupéra rapidement le cran d'ouverture et tourna son instrument d'un mouvement ferme et régulier. Il sentit le pêne glisser hors de sa gâche.

Sans attendre, les fuyards s'engouffrèrent dans la boutique. Piero referma la porte derrière eux puis la verrouilla le plus silencieusement possible.

Marco observa la rue à travers la vitrine.

— Ils viennent par là ! avertit-il.

Les trois amis s'assirent précipitamment derrière la porte, ramenant leurs genoux sous leur menton.

Dans leur dos, le battant frémit.

— C'est fermé à clef, fit une voix.

Les silhouettes de deux hommes se découpèrent sur le mur du fond. Elles bougeaient de droite à gauche. Dehors, le visage collé au carreau, les individus tâchaient de percer les ténèbres.

Les fuyards retenaient leur respiration, le regard fixé sur ce mur où étaient accrochés des centaines de masques. Les ombres mouvantes des deux hommes semblaient les animer, réveillant, l'espace d'une seconde, leurs orbites vides.

— Continuons par là, lança quelqu'un, ils ont sans doute fui par les toits.

Les silhouettes disparurent et la boutique du mascherero retrouva son calme.

Vasco, Marco et Piero soufflèrent. Un mélange d'odeurs de colle, de papier mâché, de toile cirée et de cuir monta à leurs narines, comme pour les ramener à la réalité.

8

— Les hommes qui nous ont pris en chasse n'étaient pas à Santa Croce par hasard, fit Marco. Vu leur nombre et leur organisation, ils étaient là pour nous tendre un piège.

— Impossible, je te dis ! répliqua Vasco. Personne n'était au courant de notre rendez-vous.

Le noble et les sept enfants étaient tous parvenus à échapper à leurs poursuivants et avaient regagné leur repaire. Ils essayaient, à présent, d'élucider les événements de la soirée.

Marco jeta un œil matois au patricien :

— Personne ? Vraiment ?…

Un épais silence répondit aux propos équivoques de l'orphelin. Ses compagnons se gardèrent d'appuyer ces soupçons à peine dissimulés. Vasco, lui, refusait de voir la vérité en face.

— Les seules personnes qui étaient au courant de notre rendez-vous, admit-il enfin, étaient le notaire et Giovanni Bernardi.

— Donc, il se peut que l'un des deux soit un traître.

— Pas Bernardi ! s'insurgea le noble. Giovanni est mon meilleur ami, ce ne peut pas être lui.

— Alors, ce ne peut être que Luigi Lavita, suggéra Paolo. Il lui était facile de prévenir les gens d'armes dès qu'il a su que vous vous rendiez chez lui dans la soirée.

Marco fit mine de réfléchir :

— Oui… Oui, mais… Il y a quelque chose qui ne tourne pas rond…

Tout le monde le regarda, surpris.

— Les hommes qui nous ont poursuivis n'étaient pas des gens d'armes, ni d'autres représentants de la loi, d'ailleurs.

— Tu… tu en es sûr ? s'inquiéta Vasco.

— Oui.

— Mais, je ne comprends pas, fit Ennio. Qu'est-ce que ça veut dire ?

— Ça veut dire que quelqu'un tient absolument à me coincer et à me mettre derrière les barreaux, expliqua Vasco.

Marco acquiesça :

— Exactement. Et je ne pense pas que ce quelqu'un soit le notaire.

— Ce ne peut pas être Giovanni ! explosa le patricien qui avait compris où le garçon voulait en venir. C'est impossible ! IM-POS-SIBLE !

L'orphelin leva les bras en signe d'apaisement :

— D'accord… d'accord… Ce n'est ni Luigi Lavita, ni Giovanni Bernardi. Alors qui est-ce ?…

— Quelqu'un qui nous observe, dit Vasco.

— Non. Nous l'aurions repéré.

— Vous ne m'aviez pas repéré, moi, lorsque j'ai découvert votre tanière…

Marco ne répondit pas. Il reconnaissait volontiers que le patricien avait été très malin lors de sa filature.

— Admettons, conclut le garçon en haussant les épaules. De toute façon, demain soir, Giovanni Bernardi vient vous apporter vos ducats et alors, nous serons fixés. Si tout se passe bien, nous pourrons en déduire qu'il n'y est pour rien.

— Tout se passera bien, insista Vasco.

Il regarda les orphelins les uns après les autres et poursuivit :

— Vous verrez… Tout se passera bien.

9

Le lendemain soir, Bernardi fut au rendez-vous. Il était seul, comme prévu. Les sept orphelins, qui quadrillaient les alentours de l'église, en étaient certains.

Marco et Paolo accueillirent le banquier à proximité du bosquet et lui tendirent un masque aux yeux obstrués :

— Mettez ça, s'il vous plaît.

— Mais... Pourquoi ? demanda l'homme.

— Simple mesure de sûreté.

Bernardi enfila le masque. Les deux garçons le guidèrent dans le bois, jusqu'à la porte de leur repaire. Ils lui firent descendre les trois marches et entrèrent avec lui.

Gentile Vasco retira le masque de son ami.

— Par tous les saints ! Tu es mieux gardé que le trésor de saint Marc !

L'autre fit la moue :

— Quelqu'un nous a tendu un piège, hier soir.

— Un piège ?!

— Oui, et nous ne savons pas qui c'est.

— Mon Dieu !

Bernardi sortit une bourse et la remit à Vasco :

— J'ai entendu dire que Messer Grande avait lancé des recherches.

— Merci. Non, il ne s'agit pas de…

À ce moment-là, Piero et Ennio firent irruption dans la salle.

— Ils sont là ! Il y en a partout !

— Qui ça ? demanda Marco.

— Les hommes en noir d'hier ! Ils convergent tous vers l'église !

L'orphelin regarda Vasco droit dans les yeux :

— Je vous l'avais dit.

Le noble attrapa le banquier par le col et le secoua.

— Tu n'as pas fait ça ?! Ce n'est pas possible ! explosa-t-il.

— Fais qu… quoi ? Mais j… je n'ai rien fait ! bredouilla Bernardi.

Tandis que Piero refermait la porte, Ennio et Paolo se dirigeaient vers le mur du fond où se découpait une pierre tabulaire recouverte d'un gisant[1].

1. Sculpture d'un personnage couché, sur un tombeau.

— Ce n'est pas le moment de régler ses comptes, fit Marco.

Ils rejoignirent Ennio et Paolo et les aidèrent à pousser le tombeau. Celui-ci s'enfonça lentement dans la paroi en pivotant, libérant un passage secret. Vasco poussa Bernardi dans l'ouverture.

— Et les triplés ? s'enquit Marco.

— T'inquiète pas pour eux, ils étaient sur les toits, répondit Piero en décrochant une torche du mur.

Ils s'engouffrèrent dans l'ouverture et la refermèrent derrière eux.

Une seconde plus tard, leurs poursuivants pénétraient dans le repaire…

— Chut ! Pas un bruit ! murmura Marco qui avait entendu l'intrusion.

Chacun s'immobilisa et prêta l'oreille.

— Personne ! s'écria un homme.

— Pourtant Rocco nous a dit… commença un autre.

— Il est pourtant bien quelque part ! coupa un troisième. Fouillez partout !

Marco prit la torche des mains d'Ennio et chuchota :

— Suivez-moi.

Tout le monde s'éloigna du tombeau. Sans lâcher le col de Bernardi, Vasco ferma la file et s'enfonça avec les autres dans le sombre couloir.

Ce qui, de prime abord, ressemblait à un simple passage, se révéla un véritable labyrinthe. Heureusement, Marco y naviguait en toute aisance et abordait chaque embranchement sans aucune hésitation.

Plusieurs minutes plus tard et quelques centaines de mètres plus loin, l'eau commença à recouvrir le sol.

— Ça descend, on dirait, fit remarquer Vasco.

— On se rapproche du Grand Canal, expliqua Marco.

Des piaillements envahirent le souterrain. Devant eux, des hordes de rats s'enfuirent en voyant la torche.

— On arrive bientôt à destination, reprit l'orphelin.

— Dans ce cas, on va faire une pause ici, dit Vasco.

— Une pause ?

— Oui, je crois que celui qui se prétend être mon ami a des choses à me dire…

Bernardi tourna un regard inquiet vers lui :

— Mais… je ne suis pour rien dans tout ça !

— Écoute, hier soir, nous nous quittons, et aussitôt après, nous tombons dans une embuscade. Ce soir, je te donne rendez-vous et toute une armée débarque !…

— Mais je suis venu seul, je te le promets.

— Oui, c'est vrai, renchérit Piero, quand il est arrivé dans le quartier, il était bien seul.

— Ah, tu vois ! Et puis, si je voulais te nuire, je ne serais pas venu à tes rendez-vous. Il me suffisait de te dénoncer !

— Le premier rendez-vous, ce n'est pas *mon* rendez-vous. C'est toi qui m'as dit de me rendre chez Luigi Lavita.

— Bien sûr. C'est toujours lui qui s'est occupé de nos affaires. Gentile ! tu es mon ami. Je n'ai aucune raison de te nuire ! Réfléchis !

Vasco relâcha le banquier et se prit la tête à deux mains :

— Tout ça ne tient pas debout ! Je n'y comprends plus rien.

Marco se perdait aussi en conjectures. Une question l'obsédait. Il s'avança vers Bernardi et demanda :

— Qui sont ces hommes en noir qui nous traquent ?

— Je ne sais pas. Ils ont dû me suivre.

Le banquier se tourna vers Vasco et continua :

— Tout le monde sait que nous sommes amis. En me filant, ils savaient que je les mènerais jusqu'à toi.

Marco observait Bernardi depuis le début de la conversation. Il s'y connaissait en hommes et celui-ci ne lui inspirait pas confiance. Il ne pouvait pas définir pourquoi. Une impression. L'homme transpirait beaucoup, son regard était un peu trop mobile. Mais Marco se garda bien de faire partager ses opinions, pour le moins subjectives.

Vasco mit un terme à la polémique :

— Tu as raison, Zanni. Excuse-moi de t'avoir soupçonné, je ne sais plus où j'en suis, en ce moment, et…

— N'en parlons plus, coupa Bernardi. Je n'aimerais pas être à ta place. Je comprends.

Marco gardait les yeux rivés sur le banquier. Il tentait de percer ses pensées et de faire la lumière sur les zones d'ombre de cette affaire. Brusquement, il réalisa que le silence était revenu dans le souterrain et que tout le monde l'observait.

— On y va ? demanda Vasco.

Marco tressauta.

— Euh… Oui, oui. Suivez-moi.

Les quatre garçons et les deux nobles débouchèrent par une dalle pivotante derrière le campanile de l'église San Tomà.

La nuit était sombre et froide, l'arrière de l'édifice désert. Personne ne remarqua leur sortie.

Les patriciens se serrèrent la main et le banquier partit en direction du Dorsoduro.

À peine avait-il disparu au détour d'une ruelle, que deux silhouettes surgirent. Elles contournaient l'église et se dirigeaient vers eux.

Les orphelins reconnurent aussitôt Donatella et Jacopo.

— Ah ! Vous êtes là ! Enfin ! s'écria la fillette. C'est la troisième issue qu'on essaie.

— On désespérait de vous trouver ! ajouta son frère.

Marco se mit à rire :

— Oh, je vous fais confiance. Vous nous auriez retrouvés, d'une manière ou d'une autre.

— Où est Jacobello ? demanda Piero.

Les deux autres haussèrent les épaules en signe d'ignorance.

— J'espère qu'il ne s'est pas fait pincer par un de ces hommes en noir, fit Vasco.

— Celui qui réussira à le pincer n'est pas encore né ! s'exclama sa sœur.

Au même moment, Jacobello apparut à l'autre bout du rio di San Tomà. Il franchit un petit pont en courant et rejoignit ses amis.

— J'ai… rrgh… J'ai… ffgh… découvert… commença-t-il, essoufflé.

— Eh bien ! Qu'est-ce que tu as découvert ? questionna Marco.

— Le palais… rrgh…

— Le palais ? Quel palais ?

— Je… ffgh… je ne sais pas…

— Nous voilà bien avancés ! s'exclama Paolo, un brin moqueur.

— J'ai… suivi… rrgh… le chef des… hommes en noir… ffgh… jusqu'à… un palais.

— Ça, ça devient intéressant, fit Vasco en hochant la tête.

Marco posa sa main sur l'épaule de Jacobello :

— Détends-toi, reprends ton souffle et explique-toi calmement.

L'enfant inspira profondément plusieurs fois, puis reprit :

— Lorsque les hommes en noir sont ressortis du repaire, ils se sont réunis, ont discuté pour, finalement, s'éparpiller. Alors, j'ai décidé de filer leur chef. Et il m'a mené jusqu'à un palais, dans le quartier de Castello.

— Très, très intéressant, renchérit Vasco.

— Oui, reconnut Marco, il y a de fortes chances que cet homme ait été faire son rapport à celui qui l'a embauché.

Le noble demeura un instant songeur.

— Je serais curieux de savoir à qui appartient ce palais…

10

Le quartier de Castello était le plus vaste et le plus composite de Venise. C'était aussi le quartier de l'arsenal. Retranché derrière ses hautes tours, ses ponts-levis et ses lourdes portes gardées jour et nuit, il ressemblait à une cité interdite dans laquelle se trouvait la plus grande richesse de Venise : sa flotte de combat.

L'endroit était gigantesque. Outre les chantiers navals, il possédait d'immenses bassins pour construire et réparer les bateaux, des scieries, des manufactures de voiles et de cordages, des fonderies pour les canons et autres mousquets et de véritables laboratoires à poudre.

Au fil des siècles, l'arsenal s'était développé jusqu'à devenir le plus grand complexe industriel du monde. Les quelque trois mille personnes qui y travaillaient étaient capables, dans l'urgence, de construire une coque ou une galère dans des délais extrêmement courts. Les corps de métier s'organisaient autour d'une chaîne de montage très bien structurée. Lorsque le navire quittait l'arsenal, il était prêt à prendre la mer, même ses vivres et ses munitions étaient en place. Il ne lui manquait que l'équipage.

Depuis que la Darsena nuova[1] était construite, c'était plus de cinquante navire que l'arsenal pouvait tenir à flot, prêts à appareiller rapidement en cas d'attaque. La production de navires de guerre s'était considérablement intensifiée car des nouvelles inquiétantes rapportaient que la flotte turque s'apprêtait à quitter ses ports et menaçait les territoires vénitiens du Levant[2].

Jacobello avait guidé ses amis jusqu'au rio di San Lorenzo, au bord duquel se découpait la silhouette massive d'un palais aux lignes vénéto-byzantines.

Les huit compagnons s'étaient arrêtés au bout d'une ruelle donnant sur le rio et, cachés

1. Darse nouvelle, autrement dit nouveau bassin. Dernière extension, construite au XIVe siècle pour agrandir les chantiers navals.

2. Partie orientale de la Méditerranée.

dans l'ombre d'un encorbellement, observaient le bâtiment.

— C'est la maison de Vittorio Carsetti, dit Vasco.

— Celui à qui appartenaient les marchandises volées ? demanda Ennio.

Le noble acquiesça :

— Je comprends maintenant pourquoi ses hommes suivaient Bernardi partout. Il savait que mon meilleur ami le mènerait tôt ou tard jusqu'à moi.

Marco fit la grimace :

— Je trouve tout de même étrange que cet homme déploie autant de forces pour vous attraper. Il était tellement plus simple de laisser faire les gens d'armes.

— Carsetti n'est pas homme à laisser régler ses affaires par les autres. C'est un marchand et, comme tous les marchands, son code d'honneur veut qu'il combatte lui-même ses agresseurs, voleurs ou autres félons.

— Hm… Mais… admettons que ce Carsetti veuille votre perte. Admettons qu'il ait fait mettre sa marchandise soi-disant volée chez vous pour vous accuser. Les forces de l'ordre ne réussissant pas à vous attraper, il lance ses hommes à votre poursuite pour les aider…

Vasco éclata de rire :

— Quelle imagination !

— Dans la vie, j'ai toujours appris à me méfier de tout le monde. Et pour l'instant, cela ne m'a pas trop mal réussi.

— D'accord, admit le patricien. C'est Carsetti qui a organisé tout ça. Mais alors, quel serait son mobile ? Nous ne nous côtoyons pas ; il fait son travail, moi le mien ; je n'ai jamais cherché d'ennui à qui que ce soit, pourquoi cet homme, subitement, voudrait ma perte ?

Marco haussa les épaules :

— Je ne sais pas. Peut-être lui avez-vous un jour soufflé un marché sous le nez, ou, allez savoir, une conquête amoureuse…

— Comme tu y vas ! fit Vasco en souriant. Non ! Je te le répète, Carsetti est un marchand, il n'agit pas comme un lâche en inventant ce genre de stratagème. Si quelqu'un marche sur son territoire, il va le voir et règle ses comptes directement avec lui.

— Attention, on vient ! jeta Piero qui surveillait le rio.

Aussitôt, tout le monde s'accroupit dans l'ombre et se tut.

Une gondole remontait silencieusement le canal, crevant la lourde brume qui flottait à la surface. Le barcarolo[1] n'avait pas remarqué leur présence. Sa gondole était celle d'une riche famille. Sur les montants de la cabine aux rideaux fermés, brillaient ses armoiries. Un *B* flanqué de deux lions dressés sur leurs pattes postérieures.

En apercevant le blason, Vasco vacilla.

Ennio le rattrapa par le bras. Marco et Paolo se tournèrent vers lui.

Le patricien montrait l'embarcation du doigt et lâcha, dans un souffle :

— Bernardi !

Tous fixèrent du regard la gondole et ne la lâchèrent plus. Elle glissa lentement jusqu'à l'embarcadère de Carsetti où le gondolier l'arrima. Puis Giovanni Bernardi en sortit. Il traversa le ponton, frappa à la porte du palais. Un valet vint lui ouvrir et le fit entrer.

Lorsque le banquier eut disparu, Vasco et les enfants se regardèrent, incrédules.

— Éloignons-nous du quai, conseilla Marco sans quitter des yeux le gondolier qui, là-bas, faisait les cent pas sur l'embarcadère.

Prudemment, ils reculèrent dans les profondeurs de la ruelle obscure.

1. Gondolier.

— Par les lions de saint Marc ! s'exclama Vasco. Mon meilleur ami ! Trahi par mon meilleur ami !

— Toute cette affaire sentait mauvais depuis le début ! fit Marco. Mon instinct ne me trompe jamais.

Le patricien s'appuya contre un mur :

— Mais pourquoi ? Pourquoi ?

— Je ne vois qu'une seule explication, dit Paolo. Ces deux-là en veulent à votre fortune.

— Oui, approuva Marco, vous avez signé un pouvoir. Maintenant, Bernardi peut faire ce qu'il désire de votre argent.

— Mais c'est absurde ! contesta Vasco. Bernardi est riche à millions, il n'a cure de ma fortune !

— Pourtant, il n'y a pas d'autre explication.

Le noble serra les dents, secoua la tête.

— Si, répondit-il rageusement, il y en a forcément une.

Il regarda les enfants. Son œil était sombre, mais son âme y renvoyait un éclat assassin.

— Et c'est Bernardi qui va me la fournir… De gré ou de force…

Vasco et les enfants arrivèrent sur l'embarcadère du palais Carsetti.

— Seigneur Vasco ! s'étonna le gondolier en découvrant le noble.

— Bonsoir, Pietro.

— Je... vous... Quelle surprise de vous voir ici. Je... On a dit des choses à votre sujet tellement... euh... enfin...

— Il ne faut pas croire tout ce qu'on raconte, Pietro.

Vasco tendit un ducat d'or au gondolier :

— Un petit malentendu qui va bientôt se dissiper... Grâce à ces enfants, d'ailleurs.

Il montra les orphelins. L'autre ne les envisagea même pas, trop occupé à admirer la pièce.

— Merci, monseigneur.

Il prit le ducat, le tourna et le retourna entre ses doigts :

— C'est beaucoup d'argent, monseigneur.

— J'ai besoin d'un petit service, expliqua le patricien. Je devais rejoindre mon ami Giovanni ici mais je vois qu'il n'est pas encore sorti. Je vais l'attendre dans sa gondole. Ne lui dis rien, surtout. Je te demande simplement de bien vouloir nous emmener, tout à l'heure, ton maître et moi, un peu plus haut dans le rio pour que nous puissions discuter tranquillement.

— Oui, monseigneur.

Vasco s'avança vers l'embarcation, suivi des sept orphelins.

— Mais… euh… C'est-à-dire que… bredouilla Pietro.

— Oui ? fit le noble.

— Ces… euh… ces gosses qui vous suivent…

— Qu'y a-t-il, Pietro ?

— Dans la gondole… Vous comprenez… Je ne pense pas que cela soit du goût de mon maître.

Le patricien sourit.

— Ton maître ne dira rien, assura-t-il en lui tendant un second ducat.

L'homme déglutit péniblement. Jamais il n'avait eu autant d'argent en sa possession.

— Tu peux me croire, continua Vasco, il ne dira rien.

Pietro n'insista pas. De toute façon, avec ce qu'il venait de gagner en une poignée de secondes, il était prêt à essuyer toutes les foudres de l'enfer.

Le noble et les enfants s'installèrent dans la cabine et refermèrent les rideaux.

Quelques minutes plus tard, ils entendirent une porte claquer et des pas sur le ponton.

La voix de Bernardi résonna dans la nuit :

— Allons-y, Pietro.

Le banquier pénétra dans la cabine et se figea. Avant qu'il n'ait eu le temps de réagir, Vasco l'attrapa par le bras et, d'une main ferme, l'obligea à s'asseoir près de lui.

La gondole quitta l'embarcadère.

Bernardi regarda son ami, terrorisé. Ses lèvres tremblaient, la sueur avait envahi ses tempes.

— Surpris, hein ? dit Vasco, suffisamment bas pour ne pas être entendu par le gondolier.

— Tu… Comment… balbutia Bernardi.

— Comment je suis arrivé là ? C'est ça ? Et toi, comment toi, mon meilleur ami, as-tu pu me poignarder dans le dos ?

Le banquier transpirait de plus en plus :

— Je… je n'ai pas pu faire autrement.

— Explique-toi.

— Je… je ne peux pas parler.

Vasco sortit son poignard et le pointa sous sa gorge :

— Oh que si, tu vas parler, sinon, je te coupe une oreille…

Bernardi déglutit.

— … pour commencer… précisa le marchand.

Le gros homme sentit la pointe du couteau glisser lentement vers son oreille et sa respiration se fit de plus en plus saccadée.

— D'accord, je vais tout te dire, finit-il par lâcher. C'est Carsetti qui a manigancé cette affaire. Il a enlevé ma fille et la retient prisonnière quelque part sur une île. Si je ne fais pas ce qu'il veut, il la tue.

Vasco relâcha le bras de son ami :

— Mon Dieu ! Sylvia !

Il connaissait bien la petite. Une adorable enfant de onze ans, intelligente et vive. Il frémissait à l'idée que quelqu'un puisse lui faire le moindre mal.

— Mais que cherche-t-il exactement ? s'enquit-il.

— Carsetti est fini. Peu de gens le savent mais c'est un joueur invétéré. En te faisant passer pour le voleur de ses marchandises, il voulait t'envoyer en prison. Il savait que tu me demanderais d'administrer tes biens. Maintenant, il me fait chanter. Non seulement, je dois m'arranger pour que tu sois arrêté, mais en plus, il me demande de maquiller tes livres de comptes pour pouvoir alimenter ses caisses.

Une larme coula le long de sa joue.

— Et si je ne fais pas ce qu'il veut, il va tuer ma petite Sylvia…

— L'ordure ! pesta Vasco.

— Il faut la trouver et la délivrer, fit Ennio.

— Facile à dire, râla Marco. Les îles sont nombreuses dans la lagune. Une vie d'homme ne suffirait pas à toutes les fouiller.

Vasco posa le bout de son index sur ses lèvres. Les sourcils froncés, il réfléchissait.

— Je crois que j'ai trouvé, dit-il après un moment.

— Vous savez où elle se trouve ? s'étonna Marco.

— Non, je crois que j'ai le moyen de l'apprendre.

— C'est vrai ? demanda Bernardi, plein d'espoir.

— Oui. J'ai un plan pour la tirer des griffes de Carsetti.

11

Le jour s'était levé depuis plusieurs heures sur la Sérénissime. Si l'on pouvait encore appeler jour le plafond gris qui pesait sur les clochers de Venise.

Vittorio Carsetti était à son bureau et dépliait la missive que son valet venait de lui apporter.

Il la lut en silence. Au fur et à mesure que ses yeux la parcouraient, son visage se fermait. Puis, les mâchoires serrées, il en étudia chaque phrase, le moindre mot, la moindre lettre.

Elle disait : « J'ai tout découvert. J'ai délivré la petite. L'heure de vérité approche… »

Carsetti retourna le papier dans tous les sens pour voir si le message était signé. Peine perdue.

— Qui a apporté ce courrier ? hurla-t-il en se levant.

Son valet tressaillit :

— Un jeune coursier, maître.

— Quelle allure avait-il ?

— Celle d'un vagabond, maître.

Carsetti se rassit, fit mine de réfléchir.

— Va me chercher Rocco.

— Oui, maître.

Quelques secondes plus tard, un homme vêtu de noir, portant l'épée, entra dans le bureau en se décoiffant.

— Son Illustrissime m'a demandé ?

— Oui, lis ceci et dis-moi ce que tu en penses.

Rocco prit la missive et la lut à son tour.

— Ce… C'est impossible… Comm…

— Crétin ! Cet homme est beaucoup plus malin qu'on ne l'imagine. Et les sales gosses qui l'accompagnent sont au courant de tout ce qui se passe à Venise. Pourquoi crois-tu que personne n'arrive à le coincer ?

— Je…

— Tais-toi ! Pars à Murano immédiatement. Vérifie si la gamine est encore là et rapplique me faire ton rapport. Tu as compris ?

— Oui, monseigneur.

— Alors exécution !

L'homme en noir disparut. Il dévala l'escalier qui menait à l'entrepôt et sortit sur le ponton.

Plusieurs coups de sifflet retentirent au loin. Rocco n'y prêta pas attention. Les gondoliers sifflaient souvent à l'approche d'un croisement pour signaler leur présence et éviter ainsi les collisions. Il prit la direction du nord et d'autres sifflements résonnèrent.

Les triplés, perchés sur les toits, épiaient sa progression et l'indiquaient par code à leurs amis.

Vasco et les quatre aînés, guidés par les coups de sifflet, aperçurent bientôt l'individu et le filèrent discrètement.

— Il va vers le nord de Castello, fit Marco.

Piero siffla aux triplés que leur travail était terminé et resta en retrait pour les attendre.

Vasco, Marco, Ennio et Paolo suivirent l'homme jusqu'à la zone littorale. Là, au-delà du dernier rio, commençaient les terrains des moines franciscains. L'église San Francesco della Vigna et son monastère étaient bordés de vignobles. Un peu plus loin, la nature reprenait ses droits. Les barene[1] et leur végétation sauvage prêtaient refuge à des Vénitiens bien singuliers. Busards, mésanges et échassiers divers partageaient ces vastes étendues humides et leur nourriture abondante avec les rongeurs d'eau.

L'homme longea une roselière jusqu'au rivage.

1. Terrains de sédiments, légèrement surélevés, recouverts d'une végétation dense.

Vasco, Marco, Ennio et Paolo continuèrent à le filer de loin, bondissant furtivement de buisson en buisson. Soudain, ils s'arrêtèrent. Là-bas, l'individu se pencha vers une barque et la poussa à l'eau.

— C'était prévisible, déclara le noble.

— Nous allons trouver une barque, nous aussi, assura Marco. Les pêcheurs sont nombreux par ici et les bords des barene en sont pleins.

Piero et les triplés rejoignirent leurs amis à ce moment-là.

— Alors ? demanda le premier.

— Alors, on va se séparer, décida le patricien. Marco et Ennio, vous allez suivre ce gars-là jusqu'à l'île où se trouve Sylvia, vous la délivrerez et vous nous rejoindrez chez Bernardi. Moi, je reste à Venise avec les autres, nous allons surveiller Carsetti et je vais mettre en place la seconde partie de mon plan.

— J'emmène aussi Piero avec moi, dit Marco. Ses dons en serrurerie pourraient nous être utiles.

— Tu as raison, approuva Vasco.

Il lui fit un clin d'œil :

— Bonne chance !

12

L'île de Murano était située à mille cinq cents mètres au nord de Venise. Quatre à cinq fois plus petite que la Sérénissime, elle lui ressemblait pourtant un peu. Comme elle, elle était traversée par un canal principal sur lequel se ramifiait tout un réseau de canaux secondaires.

Depuis 1291, Murano était devenue la capitale du verre. À cette époque, poussés par la République qui craignait les incendies, les verriers avaient quitté Venise pour y exercer leur art.

Marco, Ennio et Piero avaient trouvé sans mal une barque dans les barene et suivi l'homme en noir jusqu'à Murano. Tâchant de garder une bonne distance, les garçons avaient dû néanmoins accélérer l'allure dès que l'individu avait pénétré dans le canal principal.

— Où est-il passé ? questionna Piero alors qu'ils atteignaient le premier coude.

Devant eux le canal étendait ses eaux désespérément grises. À cette heure de la journée, le soleil devait être à son zénith, mais il ne brillait que par son absence. Un bragozzo[1] et ses filets épuisettes remontait le canal. Sur la droite, deux agriculteurs avaient amarré leurs barques au bord de la fondamenta et vendaient leur production aux chalands.

— Là-bas ! s'écria Marco en montrant l'embranchement qui menait à Santa Maria.

Ennio pesa sur les rames et remonta à son tour le rio en direction de l'église.

L'homme la contourna puis, un peu plus loin, bifurqua à gauche dans un étroit canal.

Les trois garçons décidèrent d'amarrer leur barque derrière le sanctuaire et coururent discrètement vers le rio.

Embusqués dans l'angle d'une bâtisse, ils aperçurent l'homme en noir qui descendait de sa barque et se dirigeait vers une maison. Il frappa à la porte, souffla quelques mots à travers le battant, puis quelqu'un le fit entrer.

— Allons voir, jeta Marco.

1. Bateau de pêche de la lagune équipé pour la récolte des coquilles Saint-Jacques.

Ils empruntèrent un pont, traversèrent le rio et s'approchèrent du bâtiment.

C'était une demeure ancienne, à la façade lézardée. Un étroit passage permettait d'en faire le tour par la droite. Les trois amis s'engouffrèrent donc dans le goulet en file indienne et contournèrent la bâtisse. L'arrière, qui donnait sur un second rio, était équipé d'un court ponton.

Des éclats de voix leur parvinrent. Ils venaient d'une fenêtre dont l'un des carreaux était cassé.

Les garçons se haussèrent sur la pointe des pieds et jetèrent un coup d'œil à l'intérieur.

L'homme en noir discutait avec un barbu à la mine patibulaire.

— Je sais, disait le premier, mais tu le connais, il n'a confiance en personne.

— Eh bien, tu pourras lui dire qu'il a tort, répondit l'autre. La petite est bien ici, et personne n'est venu la délivrer.

— Je veux la voir.

— Puisque je te dis qu'elle est là !

— Mes ordres sont de vérifier si elle est bien là et je ne repartirai pas sans l'avoir vue.

Le barbu soupira :

— D'accord, on y va.

Il guida l'homme en noir vers un escalier et le mena à l'étage. Quand ils eurent disparu, Marco se tourna vers Ennio et dit :

— Va récupérer la barque et reviens vite au ponton. Essaie de trouver de la corde, on en aura sans doute besoin pour descendre la demoiselle Sylvia. Apparemment, elle est enfermée à l'étage. Piero et moi, on va grimper là-haut.

Ennio disparut. Ses deux amis restèrent un instant derrière la fenêtre jusqu'à ce que les deux hommes redescendent.

— Voilà, tu es satisfait ? fit le barbu.

— Oui. Je vais pouvoir rassurer le seigneur Carsetti.

Il serra la main de son comparse et, avant de franchir définitivement le seuil de la porte, reprit :

— Continue à être discret surtout, et ouvre l'œil.

L'autre ne répondit pas. Il referma la porte et alla s'accouder à une vieille table vermoulue devant un hanap [1] de vin.

Marco fit signe à Piero de le suivre. Il retourna dans le passage et s'installa entre les deux murs de manière à pouvoir y grimper. Piero l'imita. Calant

1. Vase à boire au Moyen Âge.

leur dos sur l'une des parois et leurs pieds sur l'autre, ils atteignirent rapidement le toit de la maison.

Marco arracha quelques bardeaux. Les morceaux de bois se détachaient facilement tant la couverture était vieille et, avec l'aide de Piero, il fit un trou dans le toit.

Sylvia Bernardi, attirée par le bruit, leva les yeux.

Son visage était fin et gracieux. Ses cheveux blond vénitien tombaient en cascade sur ses épaules et ses yeux verts rivalisaient de lumière avec son sourire.

En l'apercevant, Marco resta un instant figé.

Piero le poussa du coude :

— Eh ! Ce n'est pas le moment de tomber amoureux !

Mais Marco n'était pas amoureux. Même si le minois d'ange de la demoiselle avait de quoi le séduire, c'était autre chose qui l'avait interpellé.

En découvrant ce visage, il venait de réaliser que cette affaire était encore plus compliquée que ce qu'ils avaient cru de prime abord… D'un seul coup, les éléments qu'il semblait maîtriser devenaient flous et de multiples zones d'ombre venaient tout remettre en question.

Mais l'heure n'était pas à la réflexion. Il fallait agir, et vite. Après, il aurait le temps de se pencher sur ces mystères.

— Qui êtes-vous ? demanda Sylvia.

Marco mit son index sur sa bouche pour l'inviter à parler moins fort, puis chuchota :

— Marco Cavallo.

Il sauta dans la pièce :

— Nous sommes là pour vous délivrer.

Elle le dévisagea, puis sourit :

— Votre mise n'est pourtant pas celle d'un prince charmant !

Marco resta bouche bée. Il ne s'attendait pas à une telle réplique.

— Je plaisante ! s'écria-t-elle.

— Chhhttt ! gronda Piero qui avait penché sa tête par le trou. Vous allez nous faire repérer !

Sans insister, Marco plaça ses mains en étrier et souffla :

— Posez votre pied là, ma demoiselle, je vais vous hisser jusqu'au trou.

— Pas question ! s'exclama-t-elle. Vous allez voir sous mes jupons !

Marco lui mit la main sur la bouche, mais trop tard.

Même Ennio, qui venait de placer la barque près du ponton, entendit les éclats de voix. Il lança la corde qu'il avait rapportée sur le toit et se rua vers la fenêtre. Il vit que l'homme s'était levé et dirigé vers l'escalier.

— Vous avez appelé, mademoiselle Bernardi ? cria-t-il.

Marco relâcha Sylvia.

— Si vous ne voulez pas vous échapper, murmura-t-il, dites-le-nous et nous repartirons sans vous.

Elle le jaugea, mais ne put savoir s'il disait la vérité ou voulait simplement l'effrayer. Elle s'approcha de la porte et répondit à son geôlier :

— Non, non. Tout va bien.

Toujours sur le toit, Piero souffla. Il saisit la corde, l'attacha solidement autour de la cheminée et envoya l'autre bout dans le vide.

En bas, Ennio constata que le barbu retournait s'asseoir. L'orphelin allait s'éloigner de la fenêtre quand soudain l'individu se figea. Il se gratta le menton, semblant réfléchir. Puis, tournant les talons, il se dirigea résolument vers l'escalier.

Aussitôt, Ennio siffla le code de grand danger à ses amis.

Marco l'entendit et pressa sa protégée :

— Vite ! Il monte ! Grimpez si vous voulez sauver votre vie !

Sans hésiter, Sylvia posa son pied sur les mains du garçon et monta vers le trou. Piero la saisit et l'aida à grimper sur le toit.

Marco entendit des pas derrière la porte et le bruit d'une clef dans la serrure. Il bondit à son tour vers l'ouverture au moment où l'homme entrait. Celui-ci se précipita vers ses jambes et parvint à en attraper une.

Marco se sentit partir en arrière. Instinctivement, il rua de son autre jambe. Son talon cogna violemment le nez du barbu qui bascula à la renverse, étourdi. L'orphelin en profita pour se hisser sur le toit.

Piero avait demandé à Sylvia de s'accrocher sur son dos et commençait à descendre avec elle le long de la corde.

Marco attendait de pouvoir les suivre quand l'homme surgit du trou. Courageusement, le garçon lui fit face. Il plongea dans ses jambes pour le faire chuter, mais le barbu s'affala sur lui. Avant qu'il n'ait eu le temps de réagir, Marco fut plaqué, le dos au toit.

Pesant de tout son poids, l'individu tenta de l'étrangler. L'orphelin comprit qu'il ne pourrait rivaliser avec son agresseur en force pure. Sa seule échappatoire était de l'atteindre en ses parties les plus sensibles. Aussi plaça-t-il ses index et majeurs en pointe et les piqua-t-il dans ses yeux. Aveuglé et surpris, l'homme lâcha prise. Sans attendre, Marco envoya un coup de genou dans ses testicules, lui arrachant un cri de douleur.

Maintenant réunis sur le ponton, ses compagnons ne voyaient pas ce qui se passait et l'inquiétude les gagnait. En entendant ce hurlement, Ennio s'élança vers la corde et commença à grimper. Mais à peine venait-il d'atteindre l'étage, qu'un ultime cri retentit. Un cri long et modulé. Le cri de quelqu'un qui tombe d'une hauteur.

Ennio sentit son cœur s'arrêter. « Marco ! » pensa-t-il aussitôt.

Le bruit sourd d'un corps qui s'écrase ponctua ses angoisses. Il regarda vers le sol et découvrit le barbu, littéralement encastré dans le ponton.

Marco venait de lui assener un dernier coup de pied dans la face et l'avait projeté dans le vide.

13

Vittorio Carsetti traversa la Piazzetta [1] pour se diriger vers le môle. Il se faufila dans la foule dense des marchands ambulants, porteurs et autres voyageurs de retour au pays, passa entre les colonnes de Marco et de Todaro [2] et rejoignit son gondolier.

Le noble sortait du palais des Doges où il avait participé au Grand Conseil. Son visage semblait tendu. Pourtant, il venait de voir Rocco qui lui avait rendu compte de sa visite à Murano. Mais bien des choses le tracassaient encore. La

1. Place plus petite, formant un L avec la place Saint-Marc, située devant le palais des Doges.

2. Deux colonnes de granite rouge et gris d'Égypte se dressent en bout de place, près du bassin. La première est surmontée du symbole de San Marco, le lion ailé, la seconde du premier patron de Venise, le saint guerrier grec Théodore (Todaro).

partie était loin d'être finie et, en joueur averti, il ne voulait rien laisser au hasard.

Il effleura son poignard, puis son épée, et sourit.

— Au palais Bernardi ! ordonna-t-il au barcarolo.

Quelques minutes plus tard, celui-ci le déposa devant la noble demeure et un portier le guida jusqu'au bureau du banquier.

— Vous ici ? s'étonna Bernardi. Que se passe-t-il ?

Carsetti s'approcha de lui et lâcha d'une voix sifflante :

— Ce qui se passe ?... Vasco sait tout ! Voilà ce qui se passe !

Le banquier voulut se lever de son siège mais le marchand posa la main sur son épaule et l'en empêcha.

— Et je voudrais que vous m'expliquiez comment cela est possible...

Son ton était lourd de menaces.

— Je... je ne sais pas ! balbutia Bernardi.

— Mensonges ! hurla Carsetti.

Il sortit son poignard et le pointa sous la gorge du banquier.

— Vous lui avez tout dit, n'est-ce pas ? Avouez !

Bernardi se recula dans son siège. Une goutte de sueur perla sur sa tempe.

— Vous… vous ne me tuerez pas, articula-t-il péniblement. Vous avez besoin de moi pour…

— Silence ! cria l'autre.

Puis, se radoucissant, il poursuivit :

— C'est vrai, j'ai besoin de vous…

Il rangea son poignard.

— … Mais votre fille est encore en mon pouvoir, ne l'oubliez pas.

Il fit le tour du bureau, alla s'asseoir en face du banquier. Celui-ci s'essuya le front, retrouva un second souffle.

— Peu importe, après tout, comment Vasco est au courant de tout ça, enchaîna Carsetti. Maintenant, il en sait trop et il va falloir l'éliminer. Et c'est vous qui allez vous en charger…

Il sortit une fiole et la posa sur le bureau :

— Grâce à ce poison.

Bernardi regarda le flacon, épouvanté :

— Non, Vittorio. Je ne ferai pas ça.

— Je ne vous demande pas votre avis ! s'emporta Carsetti. Si vous n'éliminez pas votre ami, je tue votre fille ! Comme vous voyez, vous n'avez pas le choix…

Le banquier se redressa. D'après le scénario monté par Vasco, c'était maintenant qu'il devait dire sa réplique.

La réplique.

Il déglutit. Il éprouvait déjà beaucoup de mal à regarder son agresseur dans les yeux, alors, dire la réplique !...

Il gonfla ses poumons et tenta d'affermir sa voix :

— Vous vous trompez, Carsetti. Je n'éliminerai pas mon ami et vous ne tuerez pas Sylvia.

L'assurance de Bernardi désarçonna quelque peu le marchand. Il se leva et demanda :

— Tiens donc ! Et qu'est-ce qui vous fait croire ça ?

— Ceci.

Une porte s'ouvrit derrière Carsetti. Il se retourna et découvrit Gentile Vasco, en compagnie de Sylvia Bernardi et des sept orphelins.

Le traître se figea.

— C'est... c'est impossible ! bredouilla-t-il, abasourdi.

— Vous avez joué un jeu dangereux et vous avez perdu, fit Vasco.

Carsetti sortit son épée de son fourreau. Son visage se déforma en une grimace de haine, les ailes de ses narines palpitèrent de colère.

— Je vais vous tuer ! cracha-t-il.

Vasco écarta Sylvia et saisit lui aussi son arme.

Tous les occupants de la pièce reculèrent.

La fille de Bernardi se rapprocha de Marco.

— J'ai peur, murmura-t-elle en se blottissant contre lui.

L'orphelin sourit. Une enfant de bonne famille comme elle, se pelotonner ainsi dans les bras d'un vagabond… Quelle étrange attitude ! Il jeta un regard curieux au banquier et constata que celui-ci ne s'intéressait pas à sa fille. Ses yeux étaient tournés vers les duellistes. Mais ce comportement, pour le moins insolite lui aussi, n'étonna pas plus Marco. Cela ne faisait que le conforter dans ses suspicions.

L'orphelin passa son bras autour des épaules de Sylvia, puis lui souffla dans l'oreille :

— Menteuse !

Elle sursauta, s'écarta légèrement de lui pour le fixer et demanda :

— Mais, que signifie…

Elle n'eut pas le temps de terminer sa phrase. L'orphelin posa son index sur sa bouche :

— Chut ! Le moment des explications viendra bien assez tôt…

Sylvia le regarda en souriant. Ses yeux brillaient de malice mais aussi d'admiration. Ce garçon l'impressionnait. Comment avait-il pu deviner la vérité ?

Elle haussa les épaules. Peu importait. Elle se sentait bien dans ses bras. Un délicieux frisson l'envahit. Si bien qu'elle en oubliait presque l'âpre duel qui se déroulait devant eux.

Carsetti croisait le fer avec agressivité et forçait Vasco à reculer. Plusieurs fois, il avait tenté de l'atteindre mais celui-ci avait habilement esquivé la lame.

Gentile était vif, souple et rompu à ce genre de combat mais il partait avec un handicap sur son adversaire. Contrairement à lui, son but n'était pas de le tuer. Il cherchait simplement à le désarmer. Aussi, Carsetti en profitait pour imposer son rythme. Il attaquait par tous les fronts, usant du moindre espace pour tenter d'atteindre Vasco.

Ce dernier continuait de reculer. Bientôt, son dos buta contre un siège et, l'espace d'une seconde, il perdit sa concentration. Une seconde fatale. Son adversaire le blessa à l'épaule et, sans lui laisser le temps de refermer sa garde, le toucha à l'abdomen.

Gentile Vasco hurla de douleur.

Tous les spectateurs se figèrent. Incrédules, ils virent leur ami tomber à genoux.

D'un coup sec, Carsetti retira son épée ensanglantée :

— Crève, sale vermine !

Puis il s'enfuit en courant.

Vasco s'effondra.

Les orphelins, prêts à s'élancer à la poursuite du traître, jetèrent un regard expectatif à leur chef. Mais Marco, d'un léger signe de tête, leur fit comprendre de n'en rien faire.

Giovanni Bernardi s'était précipité vers son ami agonisant. Il le retourna doucement sur le dos.

Tout le monde s'approcha de Vasco et l'entoura. Celui-ci, les mains en sang, se tenait le ventre.

— Tout ça est ma faute ! cria le banquier. Ma faute !

— Non, répondit le patricien, ne dis pas ça…

Sa voix était mal assurée, un voile rauque la déformait légèrement. Un sourire apaisant naquit sur ses lèvres, puis se transforma en rictus de souffrance.

Le regard perdu de Bernardi glissa d'un enfant à l'autre.

— Il va mourir ! Il faut faire quelque chose ! clamait-il, effondré.

Ses yeux s'arrêtèrent finalement sur Marco tandis qu'il poursuivait :

— Il va mourir ! Si l'on ne fait rien, il va mourir !

Les six autres orphelins se tournèrent également vers leur meneur. Tous savaient que Marco pouvait sauver le patricien. Si ce qu'on disait était vrai, il connaissait l'emplacement de la fontaine aux miracles. En faisant vite, il pouvait rapporter l'élixir de jouvence et sauver la vie à Vasco.

Un silence de plomb coula sa chape sur les lieux. Tous les regards étaient accrochés aux lèvres de Marco comme des naufragés à une planche.

Mais ces lèvres, contre toute attente, sourirent, ironiques.

L'orphelin tendit la main à Vasco et dit :

— Toute votre mise en scène était diablement bien orchestrée, je suis, cependant, au regret de vous dire qu'elle va s'arrêter là…

14

Ses six camarades et Sylvia regardèrent Marco, incrédules. Bernardi se figea, bouche bée. Vasco, lui, comprit qu'il était inutile de jouer au plus fin et abandonna sa grimace de douleur pour une moue admirative.

Il prit la main de l'orphelin et se redressa avec souplesse. Le noble et l'orphelin restèrent un instant silencieux, face à face, puis le premier éclata de rire :

— Marco Cavallo, prince des voleurs, feu follet des campi, tu es le Vénitien le plus extraordinaire que j'aie jamais rencontré !

Le garçon baissa les yeux, troublé par le compliment. Il cherchait quelque chose à dire. N'importe quoi, pour se donner contenance. Il regarda le sang qui maculait ses doigts et trouva :

— Du sang de bœuf ?

— De lapin, précisa le patricien. Un boyau de sang placé dans le gant, ça fait toujours son effet, n'est-ce pas ?

L'orphelin hocha la tête pensivement.

Ennio leva les mains au ciel et s'écria :

— Mais qu'est-ce que c'est que toute cette mascarade ? Je voudrais bien qu'on m'explique, à la fin !

Marco réalisa brusquement que ses amis nageaient encore en plein brouillard.

— Le seigneur Vasco n'a jamais été accusé de vol, expliqua-t-il. Le seigneur Bernardi ne l'a jamais trahi et le seigneur Carsetti n'a jamais juré sa perte. Tout simplement parce qu'ils avaient monté ensemble un habile scénario pour nous manipuler. Leur but était que je les mène à la fontaine aux miracles.

— Tu veux dire que… commença Ennio.

Il se mit à réfléchir à toute cette affaire et sourit. La lumière commençait à se faire dans son esprit. Il siffla d'admiration.

— Dites donc, fit-il enfin à Vasco, vous avez dû cogiter un sacré bout de temps tous les trois pour fignoler un piège aussi ingénieux !

— En effet, approuva le noble, nous y avons travaillé pendant de longs mois. Mais je dois reconnaître que Marco a été encore plus malin que nous.

Bernardi, enfin revenu de sa surprise, s'approcha de l'orphelin et demanda :

— Comment as-tu fait pour déjouer notre plan ? Nous n'avions pourtant rien laissé au hasard.

— Le hasard est le fossoyeur de l'espoir… répliqua Marco.

Il se tut un instant, laissant chacun méditer le vieil adage vénitien. Puis, conscient de tenir ainsi son auditoire dans le creux de sa main, il livra ses explications :

— Si je ne me suis jamais fait attraper, c'est parce que j'ai toujours su regarder autour de moi, juger les gens, évaluer les situations, observer le moindre détail…

Il leva l'index, précisant :

— Et observer les détails peut être parfois utile. Rappelez-vous quand Piero nous a fait prendre l'impasse de la boutique du mascherero. Il savait qu'elle se trouvait là parce qu'un jour il l'avait remarquée. Comme il avait remarqué sa porte, à l'abri d'un porche. Idéal pour crocheter la serrure sans se faire voir. Bref, un simple détail pour d'autres, mais un détail très important pour nous, les vagabonds.

Puis, il poursuivit :

— Il y a un détail, quant à moi, que j'avais noté lors de ma première venue ici.

Il se tourna vers Bernardi :

— C'est votre tableau de famille, dans le couloir. Malheureusement pour vous, votre fille, la vraie, celle qui y est représentée, ne ressemble pas du tout à celle que nous avons délivrée à Murano.

Il passa la main dans le cou de la dénommée Sylvia qui rougit.

Les deux nobles se regardèrent d'un air entendu. Ils avaient réfléchi à tellement de paramètres pour mettre au point leur piège, et il fallait qu'un simple grain de sable vienne tout réduire à néant…

— Autre détail, continua Marco, une actrice, si bonne soit-elle…

Il jeta un œil interrogateur à la fille :

— Car je suppose qu'on est allé te chercher dans une troupe de théâtre, n'est-ce pas ?

— Oui, reconnut-elle. Mon nom est Zanetta Ponti.

— … Une actrice, si talentueuse soit-elle, reprit Marco, peut copier les manières d'une fille de bonne famille mais ne pourra jamais empêcher son naturel de venir trahir ses origines, à un moment ou à un autre. Dès que j'ai su que Zanetta n'était pas la fille du seigneur Bernardi, j'ai compris que quelque chose clochait dans toute cette affaire. Une fausse prisonnière, ça impliquait que le seigneur Carsetti jouait un rôle de faux méchant. Et là, j'ai réalisé que les seigneurs Vasco et Bernardi étaient sans doute de connivence avec lui. Je n'arrivais pas encore à savoir quel était leur mobile, mais je devinais que tôt ou tard les événements me le révéleraient.

De nouveau, il se tut.

Chacun analysait pour lui les explications de l'orphelin.

— Ce fut lorsque le seigneur Bernardi s'est tourné vers moi en m'implorant de vous sauver, acheva Marco en dévisageant Vasco, que j'ai enfin compris ce que vous recherchiez : la fontaine aux miracles, l'élixir de jouvence, dont la rumeur avait laissé entendre que je connaissais l'emplacement.

Le patricien esquissa une moue gênée :

— Finalement, je ne suis pas mécontent que cette affaire se termine ainsi. Les quelques jours que nous avons vécus ensemble m'ont fait comprendre que tu n'étais pas un vulgaire vagabond, sans foi ni loi. Tu es quelqu'un de bien et, aujourd'hui, je ne suis pas très fier de t'avoir trahi. Nous voulions nous approprier un secret qui ne nous appartient pas et, en y réfléchissant, ce n'est pas là une noble attitude. Toi, au contraire, ton comportement a toujours été irréprochable. Il est une leçon pour tous.

— Je ne suis qu'un voleur, tempéra Marco, embarrassé.

— Non ! Tu étais ! Et puis, tu volais pour survivre, non pour t'enrichir. Si tu avais voulu t'enrichir, tu n'aurais pas gardé ce secret pour toi. Il te suffisait de le vendre au plus offrant pour devenir, du jour au lendemain, l'homme le plus riche de Venise ! Du monde, sans doute !

Il marqua une pause, fixa l'orphelin et conclut :

— Mais tu ne l'as pas fait. Je t'admire, Marco.

Le garçon secoua la tête :

— Ne m'admirez pas, seigneur Vasco. Si je n'ai jamais révélé l'emplacement de la fontaine aux miracles, c'est tout simplement parce que je ne le connais pas. Il ne faut pas croire ce que disent les rumeurs. Je n'ignore rien du moindre recoin de la Dominante. Si cette fontaine existait vraiment, je l'aurais découverte depuis longtemps...

— Balivernes ! s'écria une voix derrière lui.

Vittorio Carsetti venait de cracher ces mots comme un serpent crache son venin.

Caché derrière le chambranle d'une porte, il avait suivi la conversation et surgi en surprenant tout le monde. Il avait attrapé Donatella, l'avait plaquée contre lui et il pointait maintenant son poignard sur sa gorge.

— Tout le monde sait que tu connais l'emplacement de la fontaine ! cria-t-il à Marco en reculant avec son otage.

— Vittorio ! s'exclama Vasco. Il était convenu que jamais le sang ne coulerait dans cette affaire !

Carsetti s'écarta encore. La fillette, terrorisée, n'osait faire le moindre geste.

— J'en ai rien à faire de ce qu'on avait décidé ! répondit le marchand. Je veux ce secret et je l'aurai !

— Pas de bêtise, insista Vasco, tu l'as entendu, il ne sait rien.

— Foutaises ! Il va me guider jusqu'à la fontaine sinon je la tue !

Marco leva une main apaisante en direction de l'homme :

— Seigneur Carsetti, au nom de tous les saints, je vous en prie, c'est la vérité, je ne sais pas où se trouve la fontaine. Tout cela n'est qu'une rum…

— Je vais la tuer ! hurla l'individu dont la main tremblait.

Une perle de sang coula sur le cou de la fillette.

— Attends ! cria Vasco.

Carsetti retint son geste. Donatella se mit à pleurer.

— Quand tu auras tué cette gamine, tu ne seras pas plus avancé. Tu auras une mort sur la conscience et tu n'obtiendras rien de plus.

L'autre parut réfléchir un instant. Les mâchoires serrées, le souffle court, il regarda son interlocuteur droit dans les yeux, puis lâcha :

— Tu as raison, j'ai un bien meilleur moyen pour obtenir ce que je veux.

Il éloigna le poignard de la gorge de la fillette et l'enfonça dans son ventre…

15

Donatella avait hurlé de douleur. Relâchée par Carsetti, elle avait glissé à ses pieds, pliée en deux, en se tenant le ventre.

Les autres avaient assisté, pétrifiés, à la scène. Seul, Marco avait réagi :

— Dona ! avait-il crié en plongeant vers elle.

Il avait rapidement examiné sa blessure et compris qu'il ne lui restait que peu de temps à vivre.

Il sentit le poignard de Carsetti dans son dos.

Vasco, revenu de sa surprise, voulut s'élancer vers le traître mais celui-ci attrapa Marco par les cheveux.

— Plus un geste ! ordonna-t-il.

Puis, se penchant vers l'orphelin, il ajouta :

— Les dés sont jetés ! Maintenant si tu veux la sauver, tu vas devoir l'emmener à la fontaine...

Marco ne répondit pas. Il prit Donatella dans ses bras et la souleva. Puis, adressant un regard noir de haine à son agresseur, il lâcha :

— Suivez-moi.

Avant de quitter la pièce, Carsetti se tourna une dernière fois vers les deux nobles et les enfants :

— Si vous voulez revoir vos amis vivants, ne vous avisez pas de nous suivre.

Marco descendit les marches du palais. Cette dernière phrase résonna dans son crâne. Il savait que, quoi qu'il affirmât, Carsetti ne laisserait pas de témoin derrière lui.

Encore sous le choc, il tentait de mettre de l'ordre dans ses pensées et d'analyser le problème. Jamais il ne s'était trouvé dans ce genre de situation. Ce n'était plus seulement sa peau qu'il lui fallait sauver, à présent – ça, il en avait l'habitude – mais aussi, et avant tout, celle de la petite.

Ils sortirent du palais. La nuit était tombée. Une légère bruine envahissait les rues et faisait luire les pavés des fondamente. Marco frissonna. Cette nuit lui sembla encore plus noire et plus froide que d'habitude.

Carsetti collait aux talons du garçon. Il tenait son poignard sous sa cape et, de son autre main, l'épaule de Marco.

Les rues étaient presque désertes. Les Vénitiens semblaient avoir fui l'humidité pour se calfeutrer chez eux ou dans le bacaro[1] le plus proche. Par moments, un passant attardé les croisait, longeant prudemment les murs, le nez de sa larva[2] dans ses souliers.

Marco remonta le Dorsoduro en direction de San Polo. Il sentit la main de Carsetti lui broyer l'épaule.

— Où vas-tu ? demanda-t-il. San Marco n'est pas par là.

L'orphelin s'arrêta et répondit d'un ton dédaigneux :

— La fontaine ne s'est jamais trouvée sous la basilique, quoi qu'on ait raconté à ce sujet.

Il se retourna et repartit :

— Je sais ce que je fais. Laissez-moi.

— J'espère que tu le sais, menaça le noble. Pour toi, et la petite…

Marco n'ajouta rien. Pour l'instant, sa priorité était de sauver Donatella. Après, il trouverait bien un moyen de se tirer d'affaire avec elle.

Ils atteignirent bientôt San Barnaba. La bruine s'épaississait, se transformant en une

1. Bistrot vénitien.
2. Masque blanc.

brume diaphane. Les contours de l'imposante église s'effilochaient comme des brins de nuit.

Sur les marches du pont dei Pugni, un vieux vagabond se réveilla brusquement à l'arrivée de Marco et hurla :

— Bruine salée, mauvaise destinée !

Puis il se rendormit en grognant.

Sans y prêter plus d'attention, l'orphelin continua sa route. Il passa sa langue sur ses lèvres et constata que la bruine était effectivement salée. Sur son épaule, la poigne vigoureuse de Carsetti lui rappela l'urgence et la précarité de sa situation. Il fit la grimace. Les dictons des anciens possédaient toujours un fond de vérité, il le savait. Maudits dictons !

Marco rejoignit l'église San Pantalon d'un pas rapide. Dans ses bras, Donatella gémit. Sa tête roula sur le côté et se cala sur son épaule. Ses yeux s'étaient fermés. L'orphelin s'affola. Instinctivement, il accéléra le pas.

— Si elle meurt, je ne vous mènerai nulle part, menaça-t-il.

Carsetti se rendit compte de l'état de la fillette et répondit :

— Si elle meurt, je te tue.

Marco serra sa sœur adoptive contre lui.

Il sentit son cœur battre encore et cela le rassura. Mais son pouls était faible, il fallait faire vite.

Ils atteignirent Santa Maria Gloriosa dei Frari. Un épais brouillard noyait la place. Au loin, des éclats de rire résonnèrent. Sans doute des clients d'un bacaro. Venant de la direction opposée, une lueur perça les ténèbres et se dirigea vers eux. Une lumière tremblotante, comme suspendue à un mètre du sol. Marco reconnut la silhouette d'un codega[1] et souffla à Carsetti :

— Nous allons avoir besoin de lumière pour descendre dans les souterrains qui mènent à la crypte.

— Diligence et discrétion, messeigneurs, s'écria l'homme en arrivant près d'eux. Puis-je éclairer votre route ?

Le patricien décrocha une aumônière de cuir de sa ceinture et la lança au codega :

— Non. Donne-nous ta lanterne et disparais.

L'homme attrapa la bourse au vol en regardant Carsetti, incrédule. Ce noble était-il fou pour payer une lanterne ce prix-là ?

Sans chercher à comprendre, et craignant

1. Personne qui, grâce à une lanterne (fonctionnant avec de la couenne de porc, appelée en vénitien *codega*), accompagnait les gens la nuit en éclairant leur route.

surtout que le patricien ne change d'avis, le codega lui abandonna sa lanterne :

— Merci, monseigneur, dit-il en reculant révérencieusement, que la nuit vous soit douce.

Serrant la bourse dans sa main, il s'évanouit dans le brouillard.

Marco entraîna Carsetti en direction du bosquet et y pénétra.

— C'est ici ? s'étonna le noble.

L'orphelin ne répondit pas. Il entra dans la cave.

— Je t'ai posé une question ! s'énerva le patricien.

Marco déposa Donatella sur le sol.

— Il y a un passage secret derrière ce gisant, indiqua-t-il.

Il s'approcha du tombeau et s'arc-bouta dessus. Mais celui-ci, trop lourd pour un adolescent, lui résista.

— Je n'y arriverai pas tout seul, fit-il. Il faut m'aider.

Le patricien lui jeta un œil méfiant :

— Tu es rusé, béjaune[1], mais ce genre de ruse ne marche pas avec moi.

1. « Béjaune » vient de « bec jaune », jeune oiseau. Expression ancienne signifiant aussi blanc-bec.

— Je n'ai pas le temps de ruser, répliqua Marco, ma sœur va mourir si on ne se dépêche pas !

Carsetti jaugea le garçon puis, après quelques secondes de réflexion, posa sa lanterne sur le sol.

— Viens par là, ordonna-t-il en pointant son poignard sur sa gorge.

Il s'adossa au tombeau tandis qu'il obligeait Marco à se placer de face, légèrement sur sa droite.

— À présent, nous allons pousser ensemble, reprit-il en maintenant son arme sur son cou. Et pas d'entourloupe, sinon…

L'homme et le garçon pesèrent sur le tombeau qui pivota lentement.

Marco reprit Donatella dans ses bras et, talonné par le noble, s'enfonça dans le passage. Il colla ses lèvres sur le front de sa sœur et constata qu'il était glacé. Son cœur battait de plus en plus faiblement.

« Il n'y a plus une minute à perdre », songea Marco.

Il remonta la galerie d'un pas rapide jusqu'au premier croisement.

— Halte ! s'écria brusquement Carsetti en le retenant par l'épaule.

— Ma sœur va mourir ! supplia Marco.

Le noble ne répondit pas. Il décrocha une torche du mur et l'alluma à sa lanterne. Puis, prenant la torche et la lanterne dans une main et son poignard dans l'autre, il fit signe au garçon :

— Tu peux y aller maintenant.

L'orphelin repartit. Sur une vingtaine de mètres, guère plus. Jusqu'au flambeau suivant, que Carsetti alluma. Puis, chaque fois qu'ils en rencontrèrent un, le noble obligea Marco à s'arrêter et continua ainsi à éclairer la galerie.

Marco frissonna. Il devinait pourquoi le patricien allumait toutes ces torches. Il balisait son chemin de retour car il prévoyait de rentrer seul...

Bientôt, le couloir s'élargit légèrement. Sur ses murs, à environ quatre-vingts centimètres du sol, des dalles rectangulaires se découpaient à intervalles réguliers, comme des portes closes, et portaient en leur centre un gros anneau de fer.

Marco s'arrêta devant la dernière à droite.

— Que fais-tu ? demanda Carsetti.

— C'est là, fit l'orphelin. Il faut tirer très fort sur cet anneau.

Le noble posa sa torche et sa lanterne :

— Recule-toi.

Puis, après avoir rangé son poignard dans sa ceinture, il attrapa l'anneau à pleines mains. Il le tira et celui-ci sembla soudain sortir du mur.

Le piton qui le retenait s'allongea de dix bons centimètres. Lorsque, arrivée en bout de course, la tige métallique se bloqua, la dalle pivota brusquement vers l'intérieur en découvrant un couloir secondaire.

Carsetti avait manqué d'être entraîné vers l'avant. Heureusement pour lui, il avait lâché l'anneau juste au moment où la porte s'ouvrait.

Il fixa l'ouverture, décontenancé. Puis il sourit. Le secret de la fontaine serait bientôt à lui.

Sans perdre de temps, Marco déposa Donatella dans le passage et s'apprêta à la rejoindre.

— Attends ! clama Carsetti, je passe d'abord.

Il ramassa sa lanterne et sa torche et grimpa dans le couloir. Il y jeta un rapide coup d'œil. Étroit et rectiligne, il menait, quelques mètres plus loin, à une volée de marches.

— Vas-y, dit-il à Marco.

Celui-ci se hissa dans l'ouverture, reprit Donatella dans ses bras et se dirigea vers l'escalier, suivi par Carsetti. Ils montèrent une dizaine de marches jusqu'à un palier donnant sur une porte. Là, leur cœur se mit à battre plus vite.

Celui de Marco parce qu'il savait que dans les prochaines minutes, il allait devoir défendre chèrement sa vie et celle de Donatella.

Celui de Carsetti car il avait vu le rai de lumière dorée qui filtrait tout autour de la porte.

Ses lèvres tremblaient quand il dit :

— Pousse-la !

Sans lâcher sa sœur, l'orphelin appuya sur la poignée. La porte pivota sur ses gonds en grinçant et la lumière dorée exhala un souffle chaud qui caressa la peau de l'homme et des deux enfants. Les paupières de la fillette frémirent, ses doigts remuèrent.

Carsetti se figea. Il ouvrit les yeux si grands qu'on aurait dit qu'il voulait emprisonner dans son regard l'incroyable crypte.

Il avait du mal à croire ce qu'il voyait. La réalité dépassait de loin tout ce qu'il avait pu imaginer pendant des années, même dans ses rêves les plus fous…

16

La crypte était ronde, dallée de marbre blanc. Ses murs étaient recouverts d'or ouvragé et d'une mosaïque de petits miroirs en forme de losange. Le plafond n'était pas visible. Quatre mètres au-dessus du sol, une brume étrange le cachait et accrochait les reflets dorés de la salle. Elle tournait lentement autour d'une flèche inversée en pierre d'Istrie finement ciselée. Au bout de cette flèche, des gouttes d'un liquide ambré se formaient, grossissaient, puis tombaient dans un grand bassin ovale en obsidienne polie, ressemblant à un œuf coupé en deux.

Marco avait déposé sa sœur près de la fontaine et s'apprêtait à y plonger les mains pour la faire boire quand il aperçut des reflets nerveux dans les miroirs. Des milliers de petites ombres qui s'étaient brusquement animées et qu'il identifia aussitôt :

Carsetti !

Le traître se jetait sur lui. Il brandissait son poignard pour le tuer.

Marco eut juste le temps de plonger sur le côté. La lame passa à quelques millimètres de son épaule et son agresseur s'affala sur le bord du bassin.

Pris de panique, l'orphelin se rua vers la sortie.

— Je vais te tuer ! hurla Carsetti en se lançant à sa poursuite.

Marco dévala l'escalier. Au même moment, un éclair de lucidité traversa son esprit. Il pensa à sa sœur qu'il abandonnait. Mais, la seconde suivante, réalisant que Carsetti l'avait pris en chasse, il décida de continuer. La meilleure stratégie, pour l'instant, était d'attirer son agresseur dans le labyrinthe des souterrains pour l'y perdre.

L'orphelin atteignit la lourde porte de pierre et sauta dans le couloir principal. Sans hésiter, il s'enfonça dans la partie obscure de la galerie.

Deux secondes plus tard, Carsetti arriva et aperçut Marco qui disparaissait dans les ténèbres. Il décrocha la torche du mur pour s'élancer derrière lui. Ce simple geste referma la dalle. L'homme ne s'attarda pas sur le phénomène et partit à la recherche du garçon.

Marco courait le plus vite possible. Fonçant dans le noir, les mains en avant, il faisait confiance à sa connaissance des lieux.

Mais l'homme était rapide. La lumière de son flambeau l'aidait dans sa progression et accrocha bientôt les talons du fuyard.

— Je vais te tuer ! répéta-t-il, plein de haine.

Marco tourna dans une galerie secondaire et disparut de nouveau.

Le patricien y fonça à son tour. Il en franchit l'angle si rapidement que son œil repéra à peine l'ombre qui s'y découpait. Avant qu'il n'ait eu le temps de réagir, ses pieds butèrent contre quelque chose et il chuta lourdement. Sans lâcher sa torche et son poignard, il roula sur le sol puis regarda derrière lui. Marco, embusqué à l'entrée de la galerie, lui avait fait un croche-pied et détalait maintenant vers la galerie principale.

— Sale vermine ! cria Carsetti en lançant son poignard sur lui.

L'orphelin n'eut pas le temps de se mettre hors de portée. Atteint à la cuisse, il vacilla en hurlant. C'était comme un coup de fouet. Aussi sec et brutal. Mais bien plus douloureux. Une insoutenable brûlure irradia toute sa jambe et remonta le long de sa colonne vertébrale. Marco voulut fuir mais il ne parvint pas à poser le pied par terre et s'effondra.

Carsetti se jeta sur lui. Le plaquant face contre terre, il attrapa ses poignets qu'il ramena dans son dos.

— Tu croyais quoi, vil gueux ? Que tu faisais le poids ?

Marco n'entendait pas. Des milliers d'images lui traversèrent l'esprit. Celles de sa vie, de ses traques, de ses fuites. Il tentait de trouver une solution, mais son instinct semblait lui dire que tout était perdu.

Carsetti ricana :

— Je vais te tuer !

Il réunit les deux poignets du garçon dans sa main gauche tandis que la droite se tendait vers la cuisse ensanglantée :

— Mais avant de te donner la mort, je vais t'apprendre la vie, racaille…

Il saisit le poignard et le tourna dans la plaie.

Marco hurla de toutes ses forces. Son corps se cambra. Il avait l'impression qu'on lui arrachait la jambe. Des gouttes de sueur coulèrent sur ses tempes.

Carsetti éclata d'un rire démoniaque.

— Les gueux sont sur terre pour se soumettre et souffrir ! cracha-t-il en tournant une nouvelle fois le couteau.

L'orphelin cria plus fort encore. Sa tête retomba lourdement sur le sol. Un voile rouge commençait à brouiller sa vue. Les flammes de la torche posée par terre, près de lui, semblaient de plus en plus floues.

Il serra les dents. Ne pas perdre connaissance ! Surtout ne pas perdre connaissance ! Même s'il n'avait qu'une chance sur un million de s'en sortir, il savait qu'il ne pourrait la saisir qu'en restant conscient.

Il inspira profondément. Le voile disparut. Son instinct reprit le dessus, lui dicta la seule stratégie viable pour lui : toucher son adversaire dans son amour-propre pour l'obliger à le lâcher.

Il rassembla ses dernières forces et clama :

— N'êtes-vous donc qu'un lâche pour ne pas oser affronter un enfant blessé en combat singulier ?

À ces mots, Carsetti tressaillit. Il retira le poignard de la cuisse du garçon d'un geste vif puis s'immobilisa.

Marco laissa échapper un râle de douleur. Sa jambe n'était plus qu'une gigantesque brûlure.

Après avoir réfléchi aux paroles de l'orphelin, le noble sourit. Ce gamin était malin, mais pas autant que lui.

— On n'affronte pas la fourmi qui se trouve sur sa route, on se contente de l'écraser… répondit-il.

Ses yeux brillaient de sadisme. Ils fixaient un point, entre les omoplates, là où la lame atteindrait le cœur à coup sûr.

Il leva son poignard.

Les paupières plissées, Marco attendait la mort. Il pria Dieu, s'excusant d'avoir trahi son secret. Puis, ses pensées allèrent vers Donatella, qu'il n'avait pu sauver et, enfin, vers ses frères des rues qui devaient, en ce moment, se faire un sang d'encre…

17

Vasco, Bernardi et les orphelins étaient réunis devant le parvis de la basilique San Marco. La brume salée noyait la place.

Piero venait de rejoindre les autres :

— Par là, rien non plus !

— Êtes-vous sûrs d'avoir exploré tous les recoins de la basilique ? interrogea Vasco. Ce souterrain doit bien exister !

Quelques secondes après la sortie de Carsetti du palais, Vasco, Bernardi et les orphelins avaient hésité à le filer.

— Vous avez entendu ce qu'il a dit ? avait fait remarquer le banquier. Si nous le suivons, il les tue !

— Il ment ! avait répondu Paolo. S'il tue Donatella, Marco n'a plus aucune raison de le conduire à la fontaine, et s'il les tue tous les deux, il perd sa seule chance de la découvrir.

— Mais il est capable de faire cette bêtise par impulsion, avait protesté Bernardi, et de s'apercevoir seulement après que c'était une erreur.

Vasco avait hoché la tête :

— Non, je ne crois pas. Carsetti est malin. Il sait ce qu'il veut et il ne commettra pas cette erreur.

— De toute façon, avait suggéré Ennio, on peut toujours le filer sans qu'il s'en aperçoive.

— Oui, avait ajouté Jacopo, ça, ce n'est pas un problème.

Les deux hommes et les orphelins s'étaient donc précipités dans la rue et avaient naturellement pris la direction de San Marco.

La légende, ils la connaissaient tous. Elle situait la crypte sacrée sous la basilique.

Mais, ce qu'ils avaient oublié, cette nuit-là, c'était que les légendes s'habillent souvent des couleurs du temps qui passe…

— Oui, nous avons exploré les moindres recoins, répondit Ennio. Mais nous ne connaissons pas de souterrain au-dessous de la basilique.

— Il faut encore chercher, dit Paolo. Si Marco a emmené Dona, c'est que cette crypte existe.

— Il a raison, approuva Vasco. Cherchons encore.

Ils allaient se séparer de nouveau lorsque des cris de panique résonnèrent dans le brouillard. Cela venait du môle…

18

La main crispée sur son poignard, Carsetti s'apprêtait à frapper quand un bruit étrange l'immobilisa.

Marco ouvrit les yeux, leva la tête. Au bout de la galerie, s'approchant à toute allure, des gargouillements monstrueux emplirent les ténèbres. Une image terrifiante naquit dans l'esprit du garçon. Et aussitôt deux mots s'imposèrent à lui :

Acqua alta [1].

1. La mer Adriatique ressemble à un grand couloir. Cette mer quasi fermée est très sensible au phénomène des marées et aux variations de pression atmosphérique, qui engendrent des vents violents. Le sirocco (vent du sud-est) et la bora (voir note 2, p. 21) empêchent le reflux de la marée hors de la lagune et forment parfois des vagues allant jusqu'à 2,50 m de hauteur. Venise est alors rapidement inondée, c'est l'acqua alta.

Les Vénitiens en avaient déjà entendu parler. Certains l'avaient même vécu car, tous les vingt ans, la Dominante subissait ces grandes marées.

Mais la vraie acqua alta, celle qui nourrissait les récits des Anciens, personne ne pouvait se vanter de l'avoir connue. Car la dernière remontait à près de deux cents ans. D'après ce qu'on disait, cette marée-là atteignait plus d'un mètre cinquante. Elle s'amplifiait le long de l'Adriatique, terrorisait les marins, dévastait les rivages du Lido et s'engouffrait dans la lagune à la vitesse d'un cheval au galop.

Carsetti identifia lui aussi le danger. Il voulut se lever pour s'enfuir, mais il était déjà trop tard. La vague déferla sur lui et l'écrasa. Le souffle coupé par le choc, il perdit connaissance et sombra, tel un pantin désarticulé, dans les eaux sombres.

Marco, lui, eut la chance d'être allongé. La lame ne le prit pas de plein fouet. Elle le souleva et l'emporta dans un tourbillon.

Instinctivement, il avait bloqué sa respiration et s'était débattu pour remonter à la surface. Au moment où il émergea, il aperçut au loin les torches de la partie éclairée du souterrain.

Il comprit que la mort l'attendait au bout de cette galerie et frissonna de peur. Il savait que la puissance des flots viendrait cogner contre le tombeau et refermerait le couloir. Alors, le niveau de l'eau monterait jusqu'au plafond et il mourrait au fond de cette impasse.

« L'anneau ! » pensa-t-il soudain.

Il nagea de toutes ses forces vers la paroi de gauche. Les torches se rapprochaient vite. Trop vite. Là-bas, il apercevait l'anneau mais n'arrivait pas à en rejoindre le mur. Il poussa sur ses membres, ignorant sa souffrance. Rien n'y fit. Sauf un miracle, il ne l'atteindrait pas.

Soudain, la galerie s'élargit légèrement et le niveau de l'eau descendit. Marco sentit le sol sous ses pieds. L'anneau n'était plus qu'à quelques mètres de lui. C'était maintenant ou jamais !

Dans un cri de rage, il prit appui sur les pavés et plongea. Ses mains se refermèrent sur l'épais maillon. Ballotté par les flots, il s'y agrippa, résistant à la pression du courant. Une vague le submergea. Puis, l'espace d'une seconde, il refit surface et en profita pour reprendre sa respiration. Mais le niveau de l'eau monta encore et il disparut de nouveau.

Un remous l'écarta du mur et faillit le faire lâcher prise. Rassemblant ses dernières forces, il profita de cet écart pour tirer sur l'anneau. Celui-ci se déclencha soudain et la tige métallique s'allongea jusqu'à venir en butée. La dalle pivota alors brusquement et entraîna Marco dans la galerie secondaire.

Il roula sur le sol, le souffle court, meurtri. Derrière lui, les flots déchaînés continuaient à dérouler leur grondement sourd. L'eau commença à envahir le couloir, le poussant vers l'escalier.

Au même moment, il aperçut la lumière dorée de la crypte et repensa à Donatella.

Il se redressa et atteignit les premières marches en boitant. Sa cuisse le faisait atrocement souffrir et ce fut presque à quatre pattes qu'il grimpa jusqu'en haut de l'escalier. Là, il s'élança vers le bassin, y plongea les mains et les porta, emplies du liquide ambré, au bord des lèvres de sa sœur. Elle s'étrangla à moitié, ouvrit les yeux, puis avala l'élixir. Une grimace vint tirer ses traits et elle porta les mains à son ventre ensanglanté.

— Non, n'y touche pas, fit Marco.

Donatella obéit.

Il écarta ses habits, dénuda son abdomen et entreprit de nettoyer la plaie. La substance se mêla au sang, l'absorba et, bientôt, se transforma en volutes dorées qui montèrent au plafond.

Comme par magie, la blessure se referma progressivement.

Donatella n'avait plus mal. Une étrange chaleur l'avait envahie. Elle s'assit, regarda son ventre, incrédule :

— Je… Tu… balbutia-t-elle en voyant la cicatrice disparaître définitivement.

Elle prit son frère dans ses bras et éclata en sanglots.

Marco ne put réprimer un gémissement. En l'attirant vers elle, sa sœur avait, sans le savoir, réveillé la douleur. Il se laissa tomber et roula avec elle sur le sol. Il la serra contre lui, ferma les yeux et s'abandonna à son tour au bonheur.

Il repensa aux paroles du vagabond.

« Bruine salée, mauvaise destinée ! »

Et il éclata de rire.

Car si cette bruine salée et l'acqua alta devaient effectivement, en ce moment, pourrir l'existence de dizaines de milliers de Vénitiens, elles venaient, en revanche, de leur sauver la vie.

19

Un an plus tard…

Gentile Vasco et Giovanni Bernardi remontaient le campo San Giacomo en direction du marché du Rialto.

— Ne serait-ce pas M. le conseiller Valdi, là-bas ? s'étonna le banquier.

— Oui. Et je ne pense pas me tromper en affirmant qu'il va rendre visite à notre jeune ami Marco.

Ils suivirent l'homme du regard. Celui-ci marchait d'un pas décidé vers une échoppe arborant une banderole rouge où l'on pouvait lire *Sécurité marchande – Marco et Frères*.

Le conseiller disparut dans la boutique.

— Suivons-le, décida Vasco.

Les deux amis traversèrent le campo et entrèrent à leur tour dans l'officine.

Debout derrière le comptoir, Marco discutait avec Valdi qui brandissait une bourse en cuir.

— Monsieur le conseiller ! s'exclama Vasco, ironique. Vous faites affaire avec *mon trimardeur* [1], à présent ?…

L'homme sursauta et se retourna vers les nouveaux venus :

— Monsieur Vasco ! Je… euh… Je me suis trompé au sujet de votre protégé. Ce garçon est quelqu'un de bien.

— Ah bon ? Ce… comment disiez-vous déjà ?… *vagabond, tout juste bon à voler son prochain*, insista Vasco, ironique.

Le conseiller rougit :

— Si j'ai tenu de tels propos, c'est parce que je ne le connaissais pas.

— Et maintenant, vous le connaissez ?…

— Pour sûr ! J'ai fait appel à ses services et j'en suis très satisfait.

— Vraiment ?

— Oui. Figurez-vous que quelqu'un subtilisait une partie de mes marchandises sur mes

1. Vagabond, nomade, allant de place en place pour chercher du travail.

bateaux lors de chaque passage à la Dogana da Mar[1]. Eh bien, ce garçon et son équipe ont réussi à identifier et à piéger mon voleur !

— Qui était-ce ? demanda Bernardi.

— Mon propre contremaître ! Incroyable ! Un homme en qui j'avais une totale confiance !

Il se tourna vers Marco et lui tendit la bourse :

— Tu m'as fait économiser beaucoup d'argent, Marco, et je tenais à te prouver ma gratitude. Tiens, voici quelques ducats que j'ai rajoutés à tes honoraires.

— Merci, monseigneur, répondit l'orphelin en prenant l'aumônière.

Vasco et Bernardi rejoignirent le conseiller Valdi près du comptoir.

— Ce garçon est un exemple, fit le premier. Il a montré à tous que l'on peut toujours s'en sortir, quelle que soit sa condition de départ. Il s'agit de le vouloir vraiment et d'utiliser ses dons de façon positive.

— Cela ne suffit pas, corrigea l'orphelin. Il ne faut pas oublier que c'est vous, monseigneur, qui avez financé mon échoppe.

1. Douane de la mer. C'est ici que sont déchargées les marchandises arrivant par la mer et que l'on paie l'octroi (impôt sur les produits d'importation).

— Que nenni ! Tu as la mémoire courte, Marco. Ne t'avais-je pas dit, un jour, que j'acceptais ton aide à condition de t'offrir ensuite un cadeau pour t'en remercier ? Cette échoppe, tu l'as gagnée à la sueur de ton front.

Zanetta entra dans la boutique à ce moment-là. Elle portait sur la hanche une corbeille remplie de victuailles.

— Tout cela est bien vrai, seigneur Vasco, s'écria-t-elle. J'en suis témoin. Marco s'est battu pour vous, et même un peu plus qu'à la sueur de son front !...

— Euh... oui... fit Vasco, gêné.

L'orphelin comprit que le patricien ne désirait pas s'étendre sur le sujet devant un inconnu. Il était convenu que cette affaire était leur secret et elle devait le rester.

Valdi avait levé un œil curieux vers Vasco. Qu'avait sous-entendu la jeune fille ?

Marco ne lui laissa pas le loisir de réfléchir davantage à la question.

— En tout cas, intervint-il, grâce à vous, seigneur Bernardi, j'ai acquis le plus beau des trésors !

— Grâce à moi ? s'étonna le banquier.

Zanetta avait posé sa corbeille sur une table, fait le tour du comptoir et enlacé tendrement Marco. Celui-ci l'embrassa et confia :

— Oui. Sans vous, je n'aurais jamais rencontré Zanetta.

Elle se lova dans les bras de son amoureux.

Bernardi sourit devant ce tableau attendrissant.

— Quant à vous, seigneur Vasco, reprit l'orphelin, vous avez fait changer le regard des gens à mon égard.

— Allons donc ! s'exclama le patricien.

— Mais si ! renchérit Marco. Avant, lorsque je croisais un enfant et qu'il disait à son père : « Quand je serai grand, je veux être Marco Cavallo ! », le père répondait : « Il y a d'autres modèles, dans la vie, que ce gibier de potence ! »

— Et maintenant ? demanda Vasco, curieux.

— Maintenant ?…

Marco regarda ses interlocuteurs, avec un sourire en coin, et reprit :

— Maintenant, l'enfant dit toujours : « Quand je serai grand, je veux être Marco Cavallo ! », mais le père répond : « Non, mon fils, quand tu seras Marco Cavallo, tu seras grand ! »

Composition : Francisco *Compo*
61290 Longny-au-Perche

Impression réalisée sur Presse Offset par

BRODARD & TAUPIN

GROUPE CPI

La Flèche (Sarthe), le 17-05-2004
N° d'impression : 23196

Dépôt légal : juin 2004

Imprimé en France

POCKET jeunesse 12, avenue d'Italie • 75627 PARIS Cedex 13

Tél. : 01.44.16.05.00